幼なじみの上司に24時間監視されています

一途で過保護な彼の愛情

水城のあ

ILLUSTRATION
yuiNa

蜜夢
MITSU YUME

CONTENTS

MITSU
YUME

イラスト／yuiNa

幼なじみの上司に24時間監視されています

一途で過保護な彼の愛情

1　プロローグ

「失礼いたします」

文乃《ふみの》はひとつ呼吸をしてから社長室の扉を叩《たた》いた。

すぐに入室を許可する声が聞こえたので、扉を開き入口でぺこりと頭を下げる。ゆっくりと顔をあげると、そこにいるべき存在の隣にもうひとり若い男性が立っていることに気づいた。

いるべき存在というのは当然この部屋の主、桃園泰造《ももぞのたいぞう》だ。

桃園家は江戸時代から続く薬問屋の家系で、現在は全国展開のドラッグチェーン〝ピーチドラッグ〟の創業家として名を馳《は》せている。そして、文乃はそのピーチドラッグ社長の一人娘だった。

「ああ、来たね。文乃ちゃん、こっちに座りなさい」

ソファーに座った父の砕けた口調に、謎の人物は自分の素性を知っているのだと理解して、文乃は男に会釈をしてから父の向かい側に腰を下ろした。

文乃は先日ピーチドラッグに入社したばかりの新入社員で、現在は新人研修の真っ最中だ。

　ちなみにコネ入社ではない。桃園の名前を通して仕事ぶりを左右されたくないと父を説得して、母方の姓である花井《はない》を名乗り、一般の学生と一緒にいくつかの試験をくぐり抜けて内定を勝ち取った。

　文乃が入社したことを知っているのはほんの一握りの重役と内定後に事情を知らされた人事部長ぐらいで、現在の研修でも特別扱いされることはない。

　文乃がこうして自力でピーチドラッグに入社したのには、深い理由があった。

　一人娘ということで、子供の頃から自分が父の跡を継ぐものだと自然に考えていた。両親も同じ考えだと思っていたが、高校生になったあたりから、あちこちからお見合いの話が舞い込むようになり、そのとき初めて両親と自分の考え方が違うことを知った。

「お、お見合いって……わたしまだ高校生になったばかりだよ？」

　目の前に並べられた数枚のお見合い写真に、クラシックなセーラー服を着た文乃は思わずそう口にした。

　一人娘だから当然婿養子前提の縁組みだが、その写真のどれもがお世辞にも十六歳の文乃と釣り合うとは思えない年上の男性のものばかりで、最初の数枚を見ただけで、すぐに放り出してしまった。

「あら、気に入った人はいなかった？　結婚式はすぐじゃなくていいのよ。会社のこともあるから、早めにお相手は決めておいたほうがいいというだけですもの」

華道の家元の娘として桃園家に嫁いできた母姿子《しなこ》は、おっとりと言って微笑んだ。

「会社のことって……?」

「パパの会社のことに決まっているでしょ。跡を任せるなら今からでもうちの会社に入っていただかないと困るじゃない。文乃ちゃんは婚約だけしたら、あとは大学卒業まで自由にできるわよ」

「それって……わたしの結婚相手にパパの跡を継いでもらうってこと? わたしがいるのに?」

「文乃ちゃんは女の子でしょう? パパの跡を継ぐなんて無理よ」

母の言葉に文乃は思わず顔をしかめた。母はお嬢様育ちで働いたことがないから、女の文乃が跡を継ぐことなど想像したこともないのだろう。

「ママは考え方が古いのよ。今時女社長なんてその辺にたくさんいるでしょ。わたしの同級生、ほら、咲那《さな》のママだってアパレル会社の社長だもん」

「あら文乃ちゃんは社長夫人になるのが嫌なの?」

母が信じられないという口調で目を丸くする。

「会社はパパと未来の旦那様に任せて、文乃ちゃんはママとゆっくりすればいいじゃない。無理にお仕事をする必要なんてないのよ?」

それが文乃の幸せであると信じて疑わない口調に呆《あき》れてしまった。

そもそもこの人には働くという概念がないのだから、きっとどれだけ説明しても話がかみ合わないままだろう。

　そう思って父に直接掛け合ったが、帰ってきたのは同じような言葉だった。ただ母と少し違うのは、結婚を急ぐ必要はないから、自分の会社か取引先で数年社会経験を積んでから家庭に入ればいいという考え方だ。

　結婚を急がなくてもいいというくだりは一見理解があるように聞こえるが、その実父も文乃に会社を任せる気がないのをそのときはっきりと思い知らされた。

　しかし幼い頃から自分が父の跡を継ぐのだと思ってきた身に、その事実は簡単に受け入れられるものではない。

　もちろん何度か父と話し合ったが、やはり色よい返事はもらえないままとなった。唯一できる抵抗としてお見合い話には一切耳を傾けずにいたら、大学に入る頃には、母は文乃にお見合いを勧めるのをやめてしまった。

　両親はすっかり文乃が自ら跡を継ぐ気をなくしたのだと思っているようだが、実は志を諦めたつもりはなかった。

　まず手始めに小学校から通っていた大学付属高校の内部進学を利用せず、このお見合い騒動を機に一念発起して外部の大学に進学をした。

　政治経済やマーケティングを学び、社会経験を積んで父に認めてもらおうと考えたからだ。学生時代はカフェでアルバイトをしたり、大学を通じてインターンを経験したりして今に至っている。

父に一切頼らずに内定を勝ち取り、しっかりできるというところを見せて、少しずつ考えを変えてもらおうというのが文乃の計画だが、新入社員である今はあくまでも社会経験のためということにしていた。

偉そうなことを言っても所詮二ヶ月前まで大学生だった自分が、いきなり敏腕社員になれるわけではない。これからコツコツ実績を積んで認めてもらえればいいと考えていた。

それなのになぜその第一歩である社員研修の途中で呼び出されたのか、不安で仕方がなかった。

昼休みに社長室に来るようにという連絡は社内メールを通じてだったから同期の仲間に気づかれることはなかったが、これからは気軽に平社員を社長室に呼び出さないよう父に言っておかなくてはいけない。

「文乃ちゃん、お昼休みに呼び出して悪かったね。お昼は食べたのかい？　もしまだなら、近くに文乃ちゃんが大好きな天ぷらを食べさせてくれる店があるんだよ」

母に負けず劣らずのほほんとした父の口調に、文乃は内心溜息をついた。父の後ろに立っている謎の男性の素性がわからない場で、余計なことは言えないのに。

「いえ、先ほど社食でいただきました。あと二十分で午後の研修が始まるので、お話があるのでしたらお伺いしますが」

新入社員という立ち位置からそう口にしたが、父はあからさまに寂しそうな顔をした。

「文乃ちゃん、パパとふたりのときはそんな他人行儀な話し方をしないで欲しいな。寂しくなっちゃうよ」

「今は仕事中です。それにふたりきりじゃないですから」

文乃は父のそばに立つ男性にチラリと視線を向けた。

「ああ、そうだ。実は文乃ちゃんに彼を会わせてあげようと思って呼んだんだよ」

父の言葉に、控えていた男性が一歩前に歩み出た。

平凡なグレーのスーツと控えめな態度で気づかなかったが、改めて見ればかなりの美男子だ。

よく素敵な男性のことをカッコいいとかイケメンと表現するのが一般的だが、文乃が彼の顔を見た瞬間思ったのは綺麗《きれい》な人だな、ということだった。

決して色白というわけではないのだが、肌はつるりとしていて透明感がある。すっきりとした目鼻立ちに、シルバーのつるに縁なしレンズの眼鏡、その向こうから切れ長の二重瞼《まぶた》の目が文乃をまっすぐに見つめていた。

「新人研修も今週で終わりだろう？　それで今後は彼に文乃ちゃんのお世話係をお願いしようと思ってね」

「お世話係って……そんなのいらないわよ。わたしのことは一般社員として扱って欲しいって言ったでしょ」

「もちろんそのつもりだよ。でも文乃ちゃんだって困ったときに相談できる人がいれば安心だろう？　パパがいつもそばにいてあげるわけにもいかないし」

「だからそういう特別扱いをしないでって言ってるの」

ついさっきまで社員モードで話していたことも忘れて、父を睨《にら》みつけた。

「文乃ちゃん、そんな怖い顔しないでよぉ。パパ悲しくなっちゃうな」

情けない声を上げる父に、文乃は溜息をついた。この人が大企業の社長だとは、言われなければ誰も気づかないだろう。娘が大好きなただのオジサンだ。

そんな顔をされるとこちらが悪者みたいな気持ちになるからやめて欲しいと何度も言っているのに、いつもこんな顔をする。

「別にパパのことを嫌いになったわけじゃないでしょ。そんな顔されたらわたしが意地悪したみたいじゃない。ほら、時間ないんだからその人紹介してよ」

文乃のフォローに、父は嬉《うれ》しそうに頷《うなず》いた。

「今更紹介するってほどでもないんだが、飯坂雪斗《いいざかゆきと》くんだよ」

確かに彼はずっとこのやりとりを見ていたのだから今更だろう。しかし、父の言葉はそういう意味ではなかった。

「お久しぶりです。文乃さん。飯坂雪斗です」

「……え？」

普通ここは〝はじめまして〟ではないだろうか。父が今更と言っていたのはもしかして、以前にも会ったことがあるという意味だったのだろうか。

確かに名前に聞き覚えがある。しかも飯坂と言えば……文乃がそう考えたときだった。

「雪斗くん、文乃ちゃんはやっぱりわからないみたいだよ」

「そのようですね」

雪斗はそのことにさしてがっかりした顔もせず頷いた。

「……」

「ほら、覚えてないかな。小さい時いつも一緒に遊んでくれた雪くんだよ」

「……は？」

「軽井沢の別荘のお隣さんだった雪くん。文乃ちゃん、よく懐いていたじゃないか」

〝軽井沢の別荘〟という言葉で、忘れていた、というか忘れていたかった記憶が一気によみがえる。

「懐かしいねぇ。いつもみんなでバーベキューしたり、ホテルのプールに泳ぎに行ったり」

「……」

「そうそう、みんなで北海道にスキーに行ったこともあったねぇ」

父は美しい思い出のように語っているが、雪斗との幼い頃の記憶は黒歴史以外のなにものでもない。文乃が懐いていたというより、執拗《しつよう》に弄り倒されていたのだ。

桃園家と飯坂家は別荘が隣同士という以外に、ビジネスの面でも深い付き合いがある。飯坂家は横浜で貿易系の会社を経営する一族で、明治時代にまだ薬問屋であった桃園家と取引が始まったそうだ。特に曾祖父の代からは家族ぐるみの付き合いとなり、その際に隣同士の敷地に別荘を建てた。

そして現在の当主である飯坂正嘉《まさよし》には三人の息子がいる。長男俊哉《としや》は三十五歳で実家の飯坂インターナショナル貿易で専務を務めており、文乃が高校生になったばかりのとき、結婚式にも招待された。そして次男の晃良《あきら》三十二歳はまだ独身で同社の秘書室長を務めているはずだ。

実は二人とは何度か会社のパーティーで顔を合わせており、今でも俊兄《としにい》、晃兄《あきにい》と呼び、なんとなくだがお互いの近況は知っていた。

それなのに〝飯坂〟と聞いてすぐに気づかなかった自分の鈍感さにびっくりしてしまう。何かの折に雪斗が飯坂インターナショナル貿易に就職しなかったという話は耳にしたけれど、今思えば意識的に彼の情報を排除していたのだろう。

三人の中で一番年が近かったのは三男の雪斗なのだから、そこに幼馴染《おさななじみ》みの思い出的な甘酸っぱい話があるのがよくあるパターンだ。

しかし文乃と雪斗の間にはその甘酸っぱさの欠片もない。覚えていることといえば池に突き落とされたり、わざと山の中で置いてきぼりにされたり、パーティーで同じお菓子ばかりお皿に載せられたり、とにかく意地悪をされたことばかりだ。

男の子が女の子に意地悪をするのはよくある話だが、池に落ちたときは命の危機を感じた。飯坂家に遊びに行って庭を散歩しているときに、雪斗に池に突き落とされたのだ。

そこは錦鯉が飼われていた大きな池で、当時小学校一年生だった文乃では足が届かないほどの深さだった。覚えているのは頭から池に落ちたこと、水の冷たさと身体の重さ、それから息ができない苦しさだった。

子どもの文乃にとってそれはとても長い時間に感じられたが、実際にはすぐに俊哉が池に飛び込んで助け上げてくれたそうだ。

幸いほとんど水も飲まず、助け上げられたとたん号泣した文乃に、みんなホッとしたという。

あの時そばにいたのは雪斗だけで、いつもの意地悪の延長で文乃の背中を押したのだ。そんな目に遭わされた相手に好感を持てるはずがなく、成長するにつれて雪斗とはすっかり疎遠になった。

もう二度と会うこともないし会いたくないと記憶の隅に追いやっていた相手が、突然大人になって現れたことに文乃は呆然《ぼうぜん》としてしまった。

「……ゆ、雪くん……？　ホントに？」

思い返せば五つ年上の雪斗は美少年で、さっき感じた綺麗な男の人だという印象に通じる部分はある。それによく見れば俊哉や晃良と同じ目をしていて、三人が並べばもっと類似点が見つかるだろう。

「カッコよくなっていて驚いただろう？　文乃ちゃんがうちに入社するって聞いて、雪斗くんが是非お世話係をしたいって言ってくれたんだ。文乃ちゃんのことを知らない社員に任せるのはどうかと思っていたから助かったよ」

この時ちゃんと拒否すればよかったのに、人間想定外のことが起こるとなにもできなくなるようで、その場でなにも言わなかったことが結果肯定したととられてしまった。

　そもそも飯坂インターナショナル貿易だって大企業なわけで、彼はそこの御曹司だ。業績もよく、現在都心に新社屋を建設中だと聞いている。それなのになぜわざわざ他社の一社員、しかも新入社員の世話係など引き受けると言い出したのだろう。

「文乃さん、どうぞよろしくお願いします。こちら私の連絡先です」

　雪斗はそう言って携帯電話の番号とメッセージアプリのＩＤが裏書きされた名刺を手渡してきた。

「あ、恐れ入ります」

　慌ててソファーから立ち上がる。幼馴染みに対してなんともとんちんかんな返しだが、社員研修の成果だ。しかもこの時は動揺していて、口の中でそう呟くのが精一杯だったのだ。

　それに昔は呼び捨てにされていたのに、急にさん付けで呼ばれるのも、なんだか別の人みたいに見える。

　ちらりと雪斗の顔を見てから名刺に視線を走らせると、所属は文乃の配属希望とは遠い営業部らしい。

「困ったことがあったらなんでも相談してくださいね」

「はい。ありがとうございます」

　取りあえず儀礼的に礼を口にして雪斗を見上げドキリとしてしまう。

唇は確かに笑みの形を作っていて、一見愛想がよく見える。しかしレンズの向こう側の瞳は笑っていない。まるで獲物を狙う肉食動物の目みたいだと思ってしまった。

まさかこちらを油断させてまた昔のように虐めようと企んでいるのだろうか。昔の彼のことを思えばあり得ない想像ではない。

でも今の自分はあの頃のようにやられっぱなしの子どもではない。立派な大人なのだから、いくらでも彼に対抗できる。

とにかく雪斗は要注意人物であると文乃の本能が告げていた。そしてその文乃の直感は間違っていなかったと近い未来に証明されることとなる。

2 上司にご用心

「花井さん、お昼行かない？」

斜め向かいのデスクに座る二年先輩の内山美里《うちやまみさと》が、財布と化粧ポーチが入ったトートバッグを手に声をかけてきた。

「あ、私も行く！」

少し離れたデスクのひとつからあがった声は美里の同期、三浦紗織《みうらさおり》だ。

文乃が返事をするよりも早く、紗織が美里と同じような手提げを手にとたとたと駆け寄ってきた。

「どう、もう行けそう？」

美里の言葉に、文乃は作業中だったパソコンの画面を保存してから頷《うなず》いた。

「大丈夫です。ご一緒します」

文乃もふたりに倣って小さなバッグを手にオフィスをでた。

あの雪斗との再会のあと、午後の研修に戻り配属が発表されたのだが、予想通りというか期待を裏切らないというか、文乃は雪斗が所属する営業部に配属となった。

翌週出社すると、これまた予想通り営業二課主任である雪斗を直属の上司として紹介されたのだった。

ちなみに文乃が研修中に配属希望として出していたのは、企画部だった。

ピーチドラッグオリジナルの化粧品や日用品、いわゆるプライベートブランド、ＰＢ商品を開発したり、他社とのコラボレーション商品を企画したりする部門だ。

最近はコンビニや大手スーパーなどチェーン展開をしている企業はＰＢブランドの開発に力を入れている。文乃は常々どこの会社もやっているからこそ差別化を図った商品を開発しなければ生き残れないと考えていて、是非そちらの方面で仕事をしたいと思っていた。

まあ大学の先輩からも希望通りの部署に配属されることの方が少ないと聞いていたが、上司が雪斗というのがきな臭い。明らかに父と雪斗の思惑が絡んでいるが、そのことに異議を唱えるほど子どもではなかった。

むしろ希望ではない場所でもしっかりと結果を残してこそ、転属の希望も出せるというものだ。

幸い雪斗が直属の上司と言っても実際に仕事を教えてくれるのは美里や第一営業部の紗織で、配属されて一週間ほどだが雪斗との関わりはほとんどなかった。

もしかしたら本当に文乃から相談しなければ関わってくるつもりはないのかもしれない。文乃はふたりについてエレベーターに向かいながらそんなことを考えた。

「どこ行く？　社食？」

「あ～今日の麺類の定食ってなんだっけ。私、パスタが食べたい気分なんだけど」

美里の言葉に、文乃はスマホに保存してあった社食のメニューを確認する。

「今日の麺類はラーメンですね」

「それなら外行こうか。会社の裏に美味しいスープパスタのお店があるんだ。花井さん、行ったことないよね？」

「はい。研修中は社食か研修所の食堂だったんで、まだ外でランチしたことないんです」

「じゃあなおさらあそこのパスタは食べておかないと」

「はい！」

ピーチドラッグでは入社後最初の二ヵ月のほとんどが研修期間に当てられている。社内研修以外にも東京の外れにある研修用の宿泊施設で泊まり込みオリエンテーションを行ったり、実際の店舗で接客をしたりなど、色々な業務を体験するのだ。

研修では最初から店舗の販売員としての採用や薬学部を卒業した薬剤師、文乃のような一般職採用など関係なく、いくつかのグループに分けられて行動する。

おかげで配属後も同期の絆《きずな》が強くなり、自然と他の業務に対しても理解が深くなるというメリットがあるそうだ。確かにすぐにSNSのグループができて、今も頻繁に配属先のことや先輩の愚痴などでやりとりが続いている。

幸い文乃は大丈夫だったが、同期のひとりは店舗研修で厳しい店長に当たってしまい、事務採用なのに万が一配属先が店舗なら会社を辞めると言いだし、研修中はそんな愚痴も聞かされたものだ。

研修は毎日覚えることが多くて大変だったが、やはり配属が決まったときは、それが希望部署でないにしろホッとした。

美里と紗織の行きつけだというパスタの店は、昔ながらの喫茶店という小さな店構えだった。

三人が入ったときはちょうど満席だったが、食事が終わっていたサラリーマン二人連れが席を空けてくれ、結果待たずに座ることができた。もちろんオーダーはお勧めのスープパスタだ。

「花井さん、少しはうちの仕事に慣れてきた？　って、まだ配属一週間じゃよくわかんないか」

美里がお冷やを飲みながら言った。

「店舗研修も大変だったでしょ。うちは一般職採用も研修中に売り場に立たされるから」

「そうそう。私、店舗が一番いやだったわ〜。お局様みたいなパートさんがいて、メチャクチャ意地悪だったのよ」

紗織も同意して頷く。

「うちの部は女性が少ないから女の子入ってきて嬉《うれ》しいよね。営業ってどうしても男の人が多くなっちゃうんだよ。私たちも外に出ることもあるんだけど、去年入ってきた女の子は、外回りが始まったら辞めちゃったんだ」

「たしか夏までいなかったよね。あれは営業部でも最速だって先輩が言ってたわ」

ふたりが頷き合うのを見て、営業部は苦労して就職活動をし勝ち取った採用をすぐに投げ出したくなるほどハードなのかと心配になる。

今のところ他の先輩に頼まれた書類を美里に聞きながら作るだけだが、外回りとなればそれなりの覚悟が必要なのかもしれない。

「あ、もしかして脅かしちゃった？」

美里に心配そうに問いかけられ、文乃は慌てて首を横に振った。そんなに不安そうな顔をしていただろうか。

「大丈夫だよ。うちの営業部は一から契約をとるっていうより、元々持っているメーカーさんと卸値の相談をしたり、新商品の売り込みがあったものを店舗で売れそうなのか調べたりするの。ドラマとかで見る営業成績が悪いと怒られるとか、契約取ってくるまで帰ってくるなとか、そういうブラックなところじゃないから」

「そうそう。最初は主任と一緒に新しい契約書を届けるとか、交渉についていくとかそういうのだし」

「主任って……飯坂主任ですよね？」

今のところほとんど接点がないけれど、いつかは雪斗と一緒に仕事をすることになるだろうと覚悟はしている。ただ、まともに会うのは十年ぶりぐらいで、今の雪斗のことはほとんど知らなかった。

「あの、主任って、どんな人なんですか？」

二十代で営業部の主任なのだからそれなりに仕事はできるのだろうと予想はつくが、小さい頃のいじめっ子のイメージしか持っていない文乃には、いまひとつ彼の仕事ぶりが想像できない。

まさかあの意地悪な部分は変わっていなくて、女子社員を虐めているなんてことはないだろうか。

文乃の問いに、ちょうど運ばれてきたパスタに手をつけながら紗織が笑う。

「心配しなくても、怖い人じゃないよ。女子社員を見下したりしないし」

「そうそう。女子社員にベタベタしてこないけど、さりげなく内勤用に差し入れのおやつとか買ってきてくれるし、他の人のミスも課長みたいにただ怒るんじゃなくて一緒にフォローしてくれるしね」

文乃の心配をよそに、ふたりの答えは雪斗に好意的だ。

「前に契約書の作成でミスをしちゃったことがあるんだけど、課長は私のせいで恥をかかされたってギャンギャン騒いでさ、そのときも主任が間に入ってフォローしてくれたの」

「しかもあれって課長の下書きの記入ミスだったんでしょ。自分のミスを紗織に押し付けたんじゃん」

思い出すだけで腹が立つのか、美里が乱暴にフォークにパスタを巻き付けた。

「まあとにかく主任のことは心配しなくて大丈夫だから」

紗織の励ましの言葉に、文乃は素直に頷いた。

やはり女子社員からの情報は役に立つ。店舗研修でパートの女性たちと話したときも思ったが、上司対策を聞くなら彼女たちに勝るものはなかった。

「そういえばさ、主任っていいとこのお坊ちゃんで、御曹司らしいよ。確かに品は良さそうだよね」

「それ私も聞いたけど、お兄さんが跡を継いでいるから主任は関係ないんでしょ」

その辺のお家事情は文乃の方が詳しかったが、知っていると言うわけにもいかずに頷きながらふたりの話に耳を傾ける。

「大きな会社なら、相続で色々もらえるんじゃないの？」

「えーだったら主任って結婚相手に最高じゃん。仕事もできるし顔も悪くないしさ」

「そう。だから秘書課の松村《まつむら》さんが主任を狙ってて、猛アタックしてるらしいよ」

美里の言葉に、冷静さを装っていた文乃は思わず反応して目を見開く。

女子社員の噂《うわさ》レベルの話だけれど、考えて見れば雪斗は二十八歳のはずだから、交際経験があるとか、付き合っている人がいるのが普通だろう。そう考えたら、急に雪斗が大人の男性に思えてきた。

先日社長室で会ったときもすっかり見知らぬ男性になってしまった雪斗の姿に驚いたけれど、こうして彼の話を他人から聞かされると、もう幼馴染《おさなじ》みの雪くんではないのだと実感する。

よく、虐められた方は覚えているけれど、虐めた方はすっかり忘れているというあれで、虐められた側の文乃が彼の存在に敏感になってしまっているようだ。

「うちの会社はいい大学出てる人はそこそこいるけど、お坊ちゃんぽい人は少ないよね。どこかにお金持ちのイケメンで、私だけを大事にしてくれる人いないかなぁ」

「少なくともうちの会社にはいなそう。外に出会いを求めないと。あ、久しぶりに合コンしようよ。ちょうど大学の先輩に頼まれてるんだ。そうだ！　花井さんもおいでよ……って、彼氏いたりする？」

美里の問いに文乃は首を横に振った。

「いませんよ～。大学の友だちに、向こうの会社の先輩と合コンしようって誘われてはいるんですけど」

合コンは大学時代に付き合いで何度か参加したことはあるけれど、あの彼氏彼女を見つける気満々の空気が苦手だった。

例えばこちらが三人、相手も三人だとして、そのたった三人の中から相手を見つけなければいけないなんて無理だ。そもそも今、自分の人生に彼氏が必要だとは思えないけれど。

「じゃあさ、今度合コンするとき花井さんにも声かけるから！　私の大学の先輩で外資の保険会社に勤めてる男性《ひと》がいるんだけど、この間まで二年間大阪勤務で東京に戻ってきたのよ。向こうに彼女いたんだけどこっちに戻るときに別れたらしくて、合コン開けって言われているの」

「お、外資の保険会社いいじゃん！　お給料よさそう‼」

食後のコーヒーを飲んでいた紗織が、興味津々の顔で身を乗り出した。

「あ、先輩は投資もしてて、はっきり言わないけどまあまあ儲《もう》かっているっぽいよ」

「このご時世結婚したら専業主婦になりますなんて甘えたことは言わないけど、なにかあったとき生活に余裕がある男の人の方がいいよね」

紗織の言葉に美里も頷いた。

文乃も普通の女性にとっては、結婚はやはりそういうものなのだろうという納得の意味で頷いた。しかし実際は簡単に結婚などできそうにない。

両親は文乃の結婚相手に会社を継がせたいと思っているのだから、相手はそれなりに社会経験が必要になる。それは同年代の男性には荷が重すぎるだろう。

それにどうせするなら親が勧めた見合いの相手ではなく、自分が心から好きになった人と結婚したい。でも大好きな人に会社という重荷を背負わせるのは嫌だった。

つまりは結婚をするのなら、文乃が父に跡継ぎに相応しいと考えてもらえるようになってからでないとできないということだ。

それは簡単なことではないし、時間もかかる。文乃は、やはり今は恋愛にうつつを抜かしている場合ではないと結論を出した。

自分にはこの会社で頑張って、父に認めてもらうという目標があるのだから、子どもの頃のいじめっ子、雪斗に怯《ひる》んでいる暇などない。改めて自分にそう言い聞かせる。

食事を終えてふたりと連れだって店を出る頃には、改めて雪斗の存在など気にしないでいようという気持ちが固まっていた。

「パスタ、すごく美味しかったです！」

「でしょ～社食の方が安く上がるんだけど、あそこはコーヒーつけても千円以内で納まるからお勧めよ」

「じゃあさ、今度サンドイッチが美味しいお店があるから、そこにも行こうよ。すっごい厚切りパンのサンドイッチが食べられるお店なの」

「はい！　是非ご一緒させてください」

文乃がそう答えたときエレベーターの扉が開く。ふたりに続いて外に降り立つと、その先には雪斗が立っていた。

「今日はみんなで外に行ったの？」

愛想よく話しかけられ、美里が笑顔で頷く。眼鏡の向こうの目はこの前と違ってちゃんと笑っているように見える。

先日社長室で話したときより口調も気安く、こんな話し方や笑い方ができるのだと、文乃は美里の背後からこっそりとその様子を観察してしまった。

「花井さんを裏のスープパスタのお店に案内してきたんです。まだお昼で外に出たことがないって言うんで」

「ああ、あそこ美味しいよね。最近は出先で立ち食いそばを掻《か》き込むとか社食でささっと済ませることが多いから、僕も久しぶりに行ってみたいな」

「ホントですか？　じゃあ次に行くときはお声かけますね」

「頼むよ」

雪斗は美里に向かって頷いてから、初めて文乃に視線を向けた。

「花井さん。もう営業部に慣れた？」

「あ……は、はいっ」

話しかけられると思わなかった文乃がいつもより高めの声で返事をすると、雪斗がふっと唇を綻ばせる。そうしていると、普通の感じがいい上司だ。

「よければそろそろ面談をしたいと思っているんだけど、どうかな？」

研修の時に説明があった、配属先の上司との面談というやつだろう。文乃が頷くと、雪斗はチラリと腕時計を見た。

「じゃあ僕は今から外に出るから、あとで社内メールに時間と場所を連絡します。都合が悪いときだけ返信してくれればいいよ」

「はい。承知しました」

文乃がぺこりと頭を下げると、雪斗は美里たちに見送られてエレベーターに乗り込んだ。

ふたりに知り合いだと気づかれなかっただろうか。話しかけられると思わなかったから、つい動揺してしまったけれど、不自然ではなかっただろうか。

すると紗織が安心させるように文乃の肩をぽんと叩《たた》いた。

「大丈夫よ、そんな心配しなくても。困ったことがないかとか、形式的な面談だから」

「そうそう。ランチとかしながら雑談するようなやつだからね。主任はいつもあんな感じで優しいから緊張しないで平気だよ」

「……ありがとうございます」

　ふたりの励ましの言葉に、文乃は素直に頷いた。

　新人の頃は先輩に冷たくされるとか厳しく注意されると聞いていたが、美里たちはまるで妹の面倒を見るように声をかけてくれる。これはもう運がよかったと言うしかないけれど、ふたりにはとても感謝していた。

　文乃が実は社長の娘だと知ったらふたりはどんな反応をするのだろうか。騙《だま》されたと思うかもしれない。もちろんそう思われないよう一生懸命仕事をするつもりだが、少しだけ心配になった。

＊＊＊　＊＊＊　＊＊＊

社内メールで雪斗に指定されたのは、会社のある汐留《しおどめ》から近い築地の料亭だった。

文乃も両親と何度か利用したことのある小さいけれど名の通った店で、自分で支払ったことはないがそれなりのお値段がする店のはずだ。

　会社の面談というからには経費のはずだし、てっきり社食や会社の近くの店で済ませるものだと思っていた。お酒が入るような店ではパワハラとかセクハラなんて言われる場合もあるから、コンプライアンス的に禁止されているのではないだろうか。

文乃がそう思いながら店に着くと、顔なじみの女将が迎えに出てきた。

「桃園のお嬢様、お久しぶりでございます。お連れさまはすでにおみえでいらっしゃいます。お嬢様は最近お忙しいんでございますか？　先日もご両親がタケノコを食べたいとおっしゃって、お見えになったんですよ」

「わたしが父の会社に入社して自立したので、ふたりでのんびりしているのだと思います」

「まあお若い方には私どものような店は堅苦しく思われますわよね。是非たまには元気なお顔を見せにいらしてくださいませ」

女将に案内された座敷にはすでに雪斗が座っていて、文乃は座敷の上がり端で一旦手を突いて頭を下げた。

「遅くなりまして申しわけありません」

「文乃さん、ここは会社じゃないですから。どうかお気遣いなく座ってください。女将さん、お願いします」

すでに雪斗が注文をしてくれているようで、女将は頭を下げて座敷を後にした。

もともと当日飛び込みで入るような店ではないから、予約の時にメニューを決めてくれてあるのだろう。

「どうぞ、座ってください」

雪斗の口調はオフィスにいるときのくだけたものではなく、社長室にいたときのかしこまったものに変わっていた。これはこれで落ち着かないと思いながら雪斗の向かいに腰を下ろす。

今日の雪斗は濃いグレーのシャドーストライプのスーツに、同系色のネクタイを締めている。オフィスではもっと明るめのネクタイを差し色のように身に着けている人もいるけれど、シックな組み合わせが雪斗の綺麗《きれい》な顔立ちを引き立てていた。

「文乃さん、鰻《うなぎ》好きでしたよね」

「え？　あ、はい」

いつの間にか雪斗の顔を見つめていた文乃は慌てて頷いた。

「暑気払いには少し早いですが、女将に相談したらいい鰻が入るということだったので勝手に決めさせていただきました。それと今日は気温が高かったので冷酒を。文乃さん、お酒は大丈夫でしたよね？」

「ありがとうございます」

雪斗の言う通りお酒はそこそこ飲める方だ。大学やバイト先の飲み会でも潰れたことはないし、最近は仕事のあと家に戻ってひとりで晩酌をしたりする。しかしそこまで考えて、文乃は首を傾げた。

鰻は子どもの頃から大好きで、雪斗たちとも何度か食べたことがある気がするけれど、どうしてお酒が好きなことを知っているのだろう。俊哉や晃良がパーティーで会った文乃のことを話したか、父が話をしたのかもしれない。これだから家族ぐるみの付き合いは怖いのだ。

程なくして先付けと冷酒が運ばれてきて、文乃は酒を注ぐためによく冷えた酒器を雪斗へと差しだした。

「主任、どうぞ」

すると雪斗はグラスを手に取らず首を横に振った。

「文乃さん、そんなことをしてはいけません」

「でも上司ですから」

「上司も部下も関係ありません。今時女子社員にお酌を強要したらパワハラで会社に報告されますよ。ああ、万が一、課長辺りが文乃さんにそんなことをさせようとしたら、すぐに僕に教えてください。即座にハラスメント課に報告しますから」

「はあ」

雪斗の言うこともわかるけれど、実際に上司を前にしたらそれなりの付き合いが必要なのではないかとも思ったが、とりあえず雪斗が子どもの頃のように虐めるつもりがないことにホッとした。

「それより、ふたりの時は主任ではなく名前で呼んでいただけませんか」

「は？」

たった今ハラスメントの話をしていたのにこの流れはおかしい。名前で呼ぶことを希望するとはすでにセクハラな気がするけれど、幼馴染みということでギリギリセーフなのだろうか。

「……ええっと」

　昔の呼び方だと〝雪くん〟だが、今の雪斗には似合わない。飯坂さんだとなんとなく俊兄や晃兄に比べて他人行儀過ぎる。すると、文乃の頭の中を覗《のぞ》いたかのように雪斗が言った。

「昔のように雪くんなんていかがですか？」

「……そ、それはちょっと。じゃあ雪斗さんでいいですか？」

「まあ、主任よりはマシですね。今はそれで結構です。それからふたりのときに僕に敬語は必要ありません」

　色々注文がうるさいなぁ、と返してしまいそうになり慌てて口を噤《つぐ》む。数年会わないと、人はかなり変わるらしい。というか、自分も雪斗には変わって見えるのだろうか。

「わかった。じゃあ雪斗さんって呼ぶし、敬語もやめる。だからそっちも敬語はやめて。わたしの方が年下なんだし」

「それはお断りします」

　きっぱりはっきり返ってきた返事に文乃は目を見開いた。

「は？」

「お断りしますと申し上げたんですよ。僕はもともとこういう話し方ですし、文乃さんは我が社の社長令嬢ですから」

「だからその文乃さんって呼び方が気持ち悪いんだってば！」

文乃の叫びに雪斗が美しい眉を微かに寄せた。

「気持ち悪いなんて心外です。文乃さんを大切に思っているからこそなのに」

「子どもの頃はわたしのこと虐めたくせに！」

「そうでしたか？　ほらお料理がきましたよ。いただきましょう」

しれっとした顔であしらわれ、文乃はふて腐れつつも運ばれてきた料理に箸をつけた。

〝うざく〟という蒲焼《かばや》きとキュウリの酢の物から、肝焼き、白焼きにうな重まで好きなものばかりが続き、文乃は腹を立てていたことも忘れて好物に舌鼓を打つ。

うな重を食べ終え、あとは水菓子で終わりというところまできて、文乃は今日ここに来た目的を思いだした。

「ねえ。今日って一応面談なんだよね？」

残っていた冷酒のグラスを干して、雪斗の顔を見つめた。彼もかなり冷酒を飲んでいるはずだが、顔色ひとつ変わらない。相当強いのかそれとも酔っていても顔に出ないタイプなのか気になるところだ。

「ああ、そうでしたね。文乃さんが美味しそうに食事を召し上がるのを見ていたら、すっかり時が経つのを忘れていました」

「……」

今の言葉は、遠慮せず食べまくっていたことを揶揄《やゆ》しているのだろうか。だとしたら自分だって残さず食べているのに失礼な話だ。

「では僕も上に報告はしないといけないので、とりあえず形式的な質問だけしておきますね」

「うん」

文乃は頷きながらわずかに姿勢を正した。

「ちなみに最初に伺っておきたいのですが、今現在交際されている方や、そうなるかもしれないと目されている方はいらっしゃいますか？」

「……はい？」

社内面談ではそんなプライベートなことまで聞くのだろうか。入社して仕事を覚えたとたん結婚して辞めますなんて言われることを心配しているのかもしれない。

「い、いないけど」

「ですよね」

雪斗が即座に、しかも嬉しそうに頷くのがなんとなくムカつく。

「別に彼氏なんかいなくても仕事はできるでしょ。雪斗さんは知らないと思うけど、わたしインターンですごくいい評価もらってるし、バイト先のカフェでもバイトリーダー務めてたんだから。みんな彼氏を作らないのはおかしいって言うけど、人生ってそれだけじゃないし」

大学の友だちにも二十三年間彼氏ができないことをよく心配されたけれど、それだけで性格に問題があるとか欠陥人間のように扱うのはやめて欲しい。〝できない〟ではなく〝つくらない〟という選択肢だってあるのだ。

「大体彼氏なんていたら仕事ができないじゃない。今のところ結婚するつもりないし、普通の人ならピーチドラッグの社長の娘ってだけで引くでしょ」

高校までは小中高一貫教育の女子校に通っていたから自然とお互いの親がなにをしているか知っていたけれど、大学は地方出身の人や女子校時代とは違う雰囲気の友人の方が多かったから、ほとんどの人が文乃の実家のことは知らなかった。

偶然ゼミの女友達に知られたときは、勝手に周りに話されてしまい、就職活動のときに親に紹介して欲しいと近付いてくる男子学生までいてうんざりしたのだ。

「それは、今までどなたとも交際をしたことがないということでよろしいでしょうか」

黙って話を聞いていた雪斗がさらりと口にした言葉にギョッとする。

「そ、それは……」

彼氏のことを尋ねられつい本音を口にしてしまったが、これでは自分から男性と付き合ったことがないと言っているようなものだ。別に秘密にするつもりはないけれど、自慢することでもなかった。

余計なことをこんなにペラペラと話してしまうなんて、自分で思っているより酔っているのかもしれない。

「い、いいのっ！　わたしは営業部でバリバリ結果出して、企画部に異動願い出すんだから！」

急に恥ずかしさがこみ上げてきて、文乃は子どものようにプイッと顔を背ける。

「どうせパパも雪斗さんも、わたしが入社したことをお嬢様のおままごとぐらいにしか思ってないんでしょ。一、二年働いたらお見合いして結婚すればいいって」

「そんなこと一言も言ってないじゃないですか」

優しく言い聞かせるような言葉が、子ども扱いされているようでまた腹が立ってくる。

文乃は悔しくて、唇を尖《とが》らせ雪斗を睨《にら》みつけた。

「顔にそう思ってるって、書いてある！　どうせ悪い虫がつかないためのお目付役なんでしょ。心配しなくても彼氏を作るつもりなんてないし、もうお世話係なんていいからわたしのこと放って置いてよ‼」

自分がこんなに怒っているのに、雪斗は焦る素振りもせず涼しい顔なのが悔しい。その大人の仮面を被ったような態度が文乃の神経を逆なでする上に、自分が子どもみたいに駄々を捏《こ》ねているとわかっていてもどうすることもできないのにも苛立ってしまう。

「もぉ帰る！」

文乃はパッと立ち上がりバッグを手に取った。

「文乃さん、落ち着いてください」

雪斗の制止も聞かず襖《ふすま》に手を伸ばすと、一瞬だけ早く襖が開いて女将が姿を見せ、廊下に座ったまま一瞬だけ目を丸くした。

「あらあらどうなさいました？　廊下にまでお嬢様の声が聞こえていましたよ」

女将はすぐに気を取り直したのか慌てた素振りもせず、デザートの載ったお盆を座敷に入れると、自分も立ち上がって入ってきた。

とり乱しているところを見られてしまい、かあっと頬が熱くなる。今のやりとりを断片だけ耳にしたら痴話喧嘩《ちわげんか》のように聞こえたかもしれない。

「す、すみません……」

「大丈夫でございますよ。ここは離れのような造りですし、今日は近くのお部屋にお客様は入っておりませんから」

女将は優しく微笑むと、膳に水菓子を並べてから座敷を後にした。

「文乃さん、座ってください。デザートをいただきましょう」

「……はい」

熱くなった気持ちが冷めてくると、自分の大人げない態度が恥ずかしくてたまらなくなった。食事の途中で勝手に帰ろうとするなんて、とても行儀の悪い行為で、あのおっとりした母でも怒るだろう。

「ごめんなさい」

文乃はすとんと座布団の上に座り、雪斗に頭を下げた。すると膳の向こうで雪斗が小さく笑う気配がする。

「そういう素直なところは昔から変わりませんね。ほらシャーベットが溶けてしまいますよ」

「……」

　雪斗に促されて目の前に並べられた皿に目を向けた。水菓子はメロンで小鉢には淡い黄色のシャーベットが添えられていた。

　スプーンを口に運ぶと、さっぱりとした甘みと柑橘《かんきつ》系の香りが口いっぱいに広がる。柚子《ゆず》のシャーベットのようで、その冷たさにホッとしてしまう。

「……美味しい」

「よかったです。文乃さん、アイスクリームもお好きですよね。美味しいアイスクリームを食べさせてくれるラウンジがあるので、今度一緒に行きましょうか」

「……うん」

　気を引き立てるために社交辞令として言ってくれているのだろうと素直に頷いた。

「そんなに焦らなくても大丈夫ですよ。文乃さんはまだ社会に出たばかりなんですから、少しずつ勉強していけばいいんです」

「……うん」

　素直に頷いたが、雪斗の次の言葉に思わず耳を疑った。

「安心してください。仕事でも恋でも僕がしっかりと教えてあげます」

「うん……って、今、恋って言った？　いやいや、言うわけないよね。ごめん、ちょっと聞き間違えたみたい」

すると雪斗がスッと音もなく立ち上がり、何事だろうと思う間もなく膳の横を回り込み、文乃のすぐそばに膝を突いていた。

「文乃さん」

改まった声で名前を呼ばれて、思わず姿勢を正す。

「文乃さん、僕と恋愛をしましょう。文乃さんは僕の理想の女性です」

薄いレンズ越しに見つめてくる視線にドキリとして目を見開く。そして言葉の意味を考えている間に手を握られていた。

「え……ゆ、雪斗さん……もしかして酔ってる？」

「いいえ、まったく。お酒は強い方ですから。強いて言えば文乃さんと一緒にお酒をいただいたので、文乃さんに酔っているという方が正しいです」

「……ごめん。ちょっと言ってる意味がわからない……」

「大丈夫ですよ。恋愛なんて最初はなにもわからないものです。物事は初めての方が憶えが早いと言いますし、僕がちゃんと面倒を見ますから安心して僕のものになってください」

憶えが早いとはなんのことだろう。恋愛にそんなことが関係あるとは思えない上に、相手はいじめっ子の雪くんだ。命の危険まで感じた相手と恋愛をするなんて有り得ない。

いつからこんなおかしなことを言う人になったのだろう。冗談だとしても、ここはきっぱりはっきりお断りをしておかないと、後々までなにか言われそうだ。

「雪斗さん、わたし」

口を開きかけた文乃を遮るように、雪斗は再び前触れもなくスッと立ち上がった。

「では帰りましょうか。マンションまでお送りします」

「は、はあ」

たった今恋愛をしようと言い出した男とは思えないほどいつも通りの涼しい顔に首を傾げてしまう。

もしかして今の言葉は自分の妄想で、雪斗はそんなことを一言だって口にしていないんじゃないだろうか。だとしたら、やっぱり今夜は飲み過ぎだ。

文乃は狐《きつね》につままれたような気持ちで雪斗のあとを追った。

3　恋のステップ

雪斗と食事をした夜から数日が経っていたが、あれからというもの文乃は彼のことを意識してしまい、気づくと目がその姿を探していた。

料亭の帰り道、ひとりで帰れると言ったのに、むりやりタクシーに乗せられてしまった。しかも雪斗も一緒に乗り込んできて、当然のように文乃のマンションの住所を告げたことにまた驚いた。てっきり実家に送られるのだと思っていたのだ。

文乃が両親の反対を押し切って——といっても揉《も》めに揉めて両親の用意したマンションに——一人暮らしをしていることを雪斗は知っていたらしい。

そしてマンションに着くと、雪斗はなぜか一緒にタクシーを降りてしまった。

「ひとりで大丈夫ですか？　酔っているのなら危ないですから部屋まで送りますよ」

「い、いいいっ。酔ってないから」

なぜかわからないが雪斗に部屋を知られるのは嫌だ。

「そうですか。ではマンションに入るまでここで見ていますから、お気をつけて」

「おやすみなさ……あ！　今日はごちそうさまでした！」

すっかり忘れていた礼の言葉を慌てて口にした。いくら嫌な相手でも、お礼は別だ。

「どういたしまして。今度はアイスクリームですよ」

「う、うん」

「では文乃さん、おやすみなさい。いい夢を」

雪斗は普段の文乃なら噴き出してしまいそうな台詞をさらりと告げた。なぜ笑い出さなかったかというと、綺麗《きれい》な顔立ちの雪斗にはその台詞が似合っていたからだ。

そんなやりとりのあと、雪斗から食事に誘ってくるとか特別なことはない。だから最初はあの夜のことは、彼のおふざけだったのだと思うようにしていた。

それなのに一度意識してしまうとなんとなく彼が気になってしまい、つい彼の姿を目で追っていたら、あるとき雪斗がよく文乃を見つめていることに気づいてしまった。

こちらも彼を意識しているから時折目が合うのは仕方がないが、パソコンに向かっていてふと視線をあげたときや、他の男性社員と話をしているとき顔をあげると、必ずと言っていいほど雪斗と視線がぶつかってしまうのだ。

突然〝恋愛をしましょう〟と言い出すなんて、あの夜は雪斗も酔っていたのだと片付けていたのに、こうも目が合ってしまうと意識せざるを得なくなってしまう。

これまでもこんなふうに彼は自分のことを見つめていたのだろうか。そう思うとちょっとドキドキしてしまうけれど、相手は雪斗だ。天敵と言ってもいい相手なのだと自分に言い聞かせていた。

そもそもそれこそが罠《わな》かもしれない。文乃が心を許した瞬間に手のひらを返して意地悪をするとか、雪斗はそういうタイプだ。

文乃が成長しているのだから、向こうもその分大人になっている。つまり新たな虐め方で文乃をからかおうとしているのかもしれない。

三つ子の魂百までとはよく言ったもので、それだけ雪斗の仕打ちは文乃の中に刻みつけられていて、彼を信用してはいけないと自分の経験が告げていた。

「……井さん、花井さん」

雪斗がなにを企んでいるのか真剣に考え込んでいた文乃は、自分の名前を呼ぶ声に気づき視線をあげた。

「え……はいっ」

声がした方を振り返った瞬間、いきなり視界いっぱいに雪斗の顔が現れて、文乃は椅子から転げ落ちそうになった。

「ゆ……主任!?」

「花井さん、大丈夫？　何度呼んでも返事がないから寝ているのかと思ったよ」

その言葉に驚いて周りを見まわすと、斜め前のデスクに座る美里も何事かと文乃を見つめている。

「す、すみません。ちょっとぼーっとしてしまって……」

「そろそろ疲れが出てきたかな？　眠気覚ましに資料を探すのを手伝って欲しいんだけど」

主任モードの口調が落ち着かない。どちらが本当の雪斗なのだろう。

「花井さん？」

唇にからかうような笑みを浮かべた雪斗の問いかけに、また考え込んでいた文乃は慌てて頷《うなず》いた。

ピーチドラッグ本社の資料室はいくつかに分かれている。大きく分けて営業部、企画部、広報部関連、それから薬問屋時代の歴史的資料も含む社史が保存された場所だ。

とはいえ最近はデジタル化が進み、数年前にかなりの古い資料がデータベースに取り込まれており、社員番号とパスワードを入力すれば、極秘ではない限り誰でも閲覧できる。ただ入社したての平社員にはあまり必要ないので、文乃が営業部の資料室に入るのは配属時に案内されて以来だった。

先を歩いていた雪斗が扉を押さえ、文乃を先に中に入れてくれる。これでも社長令嬢として色々な人とのお付き合いもあるから、男の人にそうされることには慣れているつもりだったが、雪斗のそばを通るときはなぜか緊張してしまった。

あれ以来二人きりになるのは初めてで、そのせいかいつもより上擦った声になってしまう。

「主任、なにを探すんですか？」

さっさと済ませて、さっさとオフィスに戻ろう。その文乃に向かって雪斗はあっさり信じられないことを口にした。

「資料ならここにあります」

「は？」

棚の上から取り出されたスクラップブックに、文乃は目を瞠《みは》る。

「……どういうことですか？」

「いえ、ここ数日文乃さんに避けられているような気がしたので、少しお話がしたいなと思いまして」

いつのまにか文乃専用の丁寧な口調に切り替わっている。

「僕はなにか嫌われることをしたでしょうか？」

眉間にさざ波のような皺《しわ》を寄せて、眼鏡の向こうで神経質そうな瞳が揺れる。思い当たることなどなにもないという顔に戸惑ってしまう。

「なにって」

「ああ、もしかして……」

やっと先日の夜の自分の発言を思いだしたらしい。自分で口にするのは恥ずかしかった文乃が、ホッと胸を撫《な》で下ろしたときだった。

「文乃さんを抱きしめたい気持ちを必死で押し殺していたつもりなんですが、表に出ていましたか？」

「……はぁ？」

「それとも文乃さんが一生懸命仕事をする愛らしい姿を、瞳のファインダーで心の印画紙に刻みつけていたことに気づいてしまいましたか?」

なんの冗談かとまじまじと雪斗の顔を見つめたけれど、ふざけている様子はない。彼はいたって真面目なようだ。

「……それ、普通口にすることじゃないでしょ。ていうか! どっちもイヤ! キモいッ‼」

さすがにキモいは言い過ぎかとも思ったけれど、こういう人にははっきり拒否の意思を伝えないといつまでもつきまとわれる。というか今すぐ縁を切りたい。

「と、とにかく、この間の夜も言ったけど、今は男の人と付き合う気はないの。なんのメリットもないし時間の無駄だし」

「どうして二十三年間男性と付き合ったことがないのに、メリットがないと言い切れるんです?」

「ま、間違いじゃないけど、いちいち二十三年間ってつけないで!」

すかさず返ってきた正論に文乃は真っ赤になった。雪斗にこれまで彼氏がいなかったことを知られてしまったなんて一生の不覚だ。これはきっと新手のイジメなのだ。

恥ずかしさのあまり涙目でにらみ返すと、雪斗はポケットからハンカチを取り出し文乃に差しだした。ピシッとアイロンのかけられた白い紳士用のハンカチだ。

「失礼しました。あなたを泣かせるつもりはなかったんです。それで、どうしてそんなことを考えるんですか?」

「そ、それは……」

雪斗が一向に手を引っ込めないので、仕方なくハンカチを受けとって考え込む。

「ではその辺の理由は今日中にまとめておいてください。のちほど伺うことにしましょう」

「……わかった」

大学時代レポートはいつもAだったから、時間さえもらえれば論理的にお付き合いを断る理由をいくらでも提示できる。ここは完璧な理由でしっかりお断りしておこう。

文乃がそう考え始めたとき、彼は脈絡のないことをさらりと告げた。

「と、いうわけで今夜はデートしましょう」

突然話が飛んだことに、文乃は顔をしかめた。

「……なに？」

「続きは今夜のデートで伺いますと言ったんですよ。本日は定時退社推奨日ですから、他の方に誘われても約束はしないように。店は僕の方で予約しておきますから、文乃さんはいつも通りその愛らしい身ひとつで来ていただいて結構ですよ」

文乃は頷きもせず声もあげていないのに、とんとんと話が進んでいく。そして発言がいちいちキモい。

「そうですね。秘密の社内恋愛っぽく、外のカフェで待ち合わせましょうか。ああ、文乃さんはまだこの辺りの地理に詳しくないですよね……」

雪斗は数瞬思案して、それから甘い笑みを唇にのせた。

「先日内山さんたちと行かれた喫茶店ならわかりますね。そこで十八時半にしましょう」

それだけ言うと、雪斗は返事を待たず文乃に背を向けた。言い逃げというやつだ。

「待って！」

いつの間にか、また雪斗のペースになってしまっている。行くつもりがないとはっきり伝えようと、呼び止めたときだった。

雪斗の目の前で扉が開き、その向こうから美里が顔を覗《のぞ》かせた。

「主任～？　あ、やっぱりここでしたね。オレンジ食品の松丸さんが至急連絡を取りたいそうです。あと課長が企画書でわからないところがあるから説明しろって」

「おっと、急いで戻った方が良さそうだ。内山さん、わざわざありがとう」

美里の脇をすり抜け出ていきかけた雪斗は、振り返って手にしていた資料を文乃に向かって高く掲げた。

「花井さん、資料探し手伝ってくれてありがとう。それからさっきの課題の方も忘れないようにね」

雪斗はそう言うと、文乃と美里ににっこり微笑みかけてからオフィスへと戻っていった。

「主任って爽やかだよね～。絶対彼女いそう」

雪斗の後ろ姿を見送っていた美里が惚《ほ》れ惚《ぼ》れしたような口調で言った。

「こりゃ、松村さんも狙いたくなる物件よね」

「松村さんって」

「この前話したでしょ、主任を狙っているっていう秘書課の人」

美里たちとパスタを食べに行ったときにチラリと話題が出た人物だ。

「同期がひとり秘書課にいるんだけど、少し前に松村さんの声がけで、異部署の交流って名目の食事会があったんだって。呼ばれるのは独身の男性ばっかりだから、まあ社内合コンよね。男性の方だって秘書課の才色兼備と食事なら嬉《うれ》しいだろうし」

なんとなく男性の心理は理解できる。きっとそんな食事会に呼ばれるのは、男性社員ならステイタスのひとつなんじゃないだろうか。

「で、そこに主任も呼ばれて、松村さんが猛アタックしてたみたい。友だちは正直あからさますぎて引いてたけど、主任は満更でもなさそうだったみたいよ」

「……」

客観的に見れば雪斗はイケメンだし、仕事ぶりもいいから女性に好かれても当然だ。しかし、文乃に交際を申し込んでおきながら他の女性にいい顔をしているという話を聞くと、なんだかムカつく。

別に雪斗のことなどどうとも思っていないのだから、気にする必要はない。好き勝手やってくれた方が交際を断る口実になるはずなのに、松村というのがどんな女性なのか気になってしまう。

父の担当でなければ、他の秘書室の人間と顔を合わせる機会などほとんどないのだ。

「でもさ、仕事もできて礼儀正しくて、しかも愛想もいいなんてストレスたまらないのかな。あ、実は彼女の前では豹変《ひょうへん》しちゃうとか？」

「えっ⁉」

美里の言葉はあながち間違いではないからドキリとしてしまった。

「ほら、いるじゃない。彼女の前では甘えん坊とかさ。あ〜でも主任ならドSになる方がギャップ萌《も》えかも……あ、やばっ。今日中の仕事があるんだった！　私、先に戻るねっ」

ひとしきり言いたいことを言って満足したのか、美里はさっさと資料室を出ていってしまう。そしてひとり資料室に残された文乃は、気疲れのあまり資料室の棚にもたれかかった。

とりあえず松村の話は置いておくとしても、やはり雪斗が本気なのか、文乃をからかうつもりなのか真意がわからない。

雪斗は簡単に恋だの愛だのと言うけれど、十年近く会っていなかった人といきなり恋に落ちるはずがない。ましてや雪斗とは五つも歳が離れていて、彼が大学に入ったときでも自分はまだ中学生だったのだ。

しかも瞳のファインダーだの抱きしめたいだの、会うたびに発言がおかしくなっているし、それを大学生の雪斗が中学生の文乃に言ったとしたら淫行を問われるレベルだ。

どうしてこんなに嫌がらせをされなければいけないのだろう。文乃が雪斗になにかひどいことをしてその仕返しとしてならわかるが、こちらが被害者なのに。

「行きたくないなぁ……」

思わず唇から本音が漏れる。

しかし待ち合わせをすっぽかすことは、子どもの頃から母親に対人関係の躾《しつけ》を厳しくされていた文乃にはできなかった。

実際には雪斗が一方的に待ち合わせを決めただけで文乃は承諾していないのだが、その辺はすっかり抜け落ちていて、どうすれば嫌がらせをやめてもらえるかという思考に変わっている。

面と向かって断るにしても、彼と付き合うことのデメリットは伝えなければいけない。

文乃は先ほど雪斗に出された課題の答えを必死で考えながら資料室を後にした。

＊＊＊　＊＊＊　＊＊＊

「うわぁ……すごーい‼」

都内のクラシックホテルの上階にあるイタリアンレストラン。個室の窓から広がる夜景の見事さに文乃は一緒に来た相手が雪斗であることも忘れて歓声をあげた。

「よかった。ここは初めてだったみたいですね」

思いの外間近で聞こえた声にギョッとして振り返ると、なぜか雪斗が寄り添うように立っている。

「ちょ、ちょっと！」

慌てて距離を取ったけれど、油断も隙もない男だ。雪斗は文乃のはっきりとした拒絶の態度に気を悪くする様子もなくニコニコと微笑んでいる。

「文乃さん、イタリアンがお好きだと聞いたので」

再会してそんなことを言った覚えはないから、父からの情報だろう。あまり余計なことを言わないよう父に釘《くぎ》を刺しておいた方がいいかもしれない。

「好きだけど、わたしが友だちと行くイタリアンはもっとカジュアルなお店だもん」

「ああ、大学のお友達ですか。社長や奥様は和食がお好きですからね」

「まあね」

雪斗がウエイターの代わりに文乃の椅子を引いた。

「……ありがとう」

育ちがいいしエスコートが完璧なのはいいけれど、相手がいじめっ子の雪くんだと思うと優しくされるのはおかしな感じだ。

「なにを召し上がりますか？」

雪斗が向かい側に腰を下ろすと、ウエイターがメニューを差しだした。

「この間は懐石だったので僕が決めてしまいましたが、今日は是非文乃さんがお好きなものを。ここのホテルは文乃さんの好きなピザが石窯焼きです。ああ、パスタならゴルゴンゾーラのクリームペンネ、渡り蟹《がに》のトマトクリームパスタあたりでしょうか」

自分の好みにドストライクのおすすめメニューに、絶対に父に釘を刺そうと頭の中に書き留める。

悩んだ末、色々食べてみたいという文乃のために、雪斗が本日のお勧めピザとクリームペンネ、カルパッチョや肉料理などを注文した。

お酒は白ワインをボトルで注文したが、先日のことがあったので、文乃は飲み過ぎないようにと自分に言い聞かせた。

雪斗は次々に運ばれてくる料理を文乃のために甲斐甲斐《かいがい》しく取り分けてくれる。

その姿を見ていたら子どもの頃の彼とは別人のように思えてしまうが、よくよく考えれば昔似たようなことがあったことを思いだした。

あの時はパーティーで色々なお菓子が並んでいるのに、マカロンばかり皿の上に積み上げられて、延々とそれだけを食べ続ける羽目になったのだ。幸いトラウマはなく今もマカロンは大好きだが、なんだかあれに似ている。

「雪斗さん、聞きたいことがあるんだけど」

美しい所作でナイフとフォークを操っていた雪斗が眉を上げた。

「なんでしょう」

「昔、意地悪してわたしのお皿にマカロンばっかり載せたことあるでしょ」

「確かにそんなこともありましたね。マカロンも大好物だったじゃないですか。たくさん食べられてよかったでしょう？」

——ええっ⁉　そういう思考なの？

文乃は口に出さず脳内でそう突っ込みを入れた。

「好きだけど限度ってものがあるでしょ。そういえばみんなで別荘のお庭でバーベキューしたときも、わたしのお皿にサツマイモばっかり入れてお肉食べさせてくれなかったし」

「だって文乃さん、焼いたサツマイモが大好きだったじゃないですか」

「好きだったよ。ていうか、今でも大好きだけど！　そうじゃなくて、限度があるって話をしてるの！」

「その辺は僕も子どもでしたから限度がわからなかったんでしょうね。大丈夫です。今日はふたりで食べきれる分しかオーダーしていませんから、遠慮なく召し上がってくださいね」

そう言って料理を勧めてくる雪斗は、満面の笑みだ。

しかも悔しいことに雪斗がオーダーしたものは文乃が好きなものばかりなのだ。

例えばカルパッチョなら、白身魚やサーモン、ホタテなどの魚介、肉類でも生ハムなどが多いが、出てきたのは表面に軽く火を通し薄切りにした牛肉のカルパッチョで、ローストビーフ好きの文乃にぴったりのチョイスだった。

どれだけ父から聞きだしているのかと問いただしたくなるほど、前回の鰻《うなぎ》も含めてしっかり文乃のツボを押さえている。まるで餌付けのようだ。

「なんだか……この間から雪斗さんと食べてばっかり」

もしかして好きなものをたらふく食べさせて太らせるというイジメだろうか。女性はプロポーションを気にするものだし、今がベスト体重だと思っているから、そんなことになったら大変だ。

「太ったらどうしようって考えてます？　大丈夫ですよ。文乃さんはまだ若いですし、代謝もいいんですから。もし太ったとしたら寝る前に召し上がるアイスクリームのせいですね」

「えっ！」

文乃がアイスクリーム好きだから当てずっぽうに言っているのだろうが、当たっていて耳が痛い。ドルチェはジェラートかティラミスかと思っていたけれど、やめておいた方がいいかもしれない。

「大丈夫です。僕は丸くなった文乃さんも愛せる自信がありますから好きなだけ召し上がってくださいね」

「そんなこと言われたら、食べられるものも食べられないし！」

「またまた。ほらお待ちかねのピザが来ましたよ」

「……っ！」

ダイエットは明日から――女性が昔から使ういいわけをして、文乃は雪斗からピザの皿を受けとった。

具はシンプルにモッツァレラチーズにマッシュルーム、それからフレッシュバジルがたっぷりと散らされている。

がった。

「いただきます！」

ぱくりと噛《か》みつくとふっくらとした生地とトマトソースの爽やかな酸味が口のなかに広がった。

生地の外側がカリッと焼き上がり、香ばしいのもたまらない。

「美味しい‼」

「お気に召したようでよかったです」

二切れ目を口に運んでいた文乃は雪斗の言葉にコクコクと頷いた。

「ここはアバッキオも美味しいですよ。前日までに予約が必要だったので今日は食べられませんでしたが、また一緒に来ましょう」

アバッキオは簡単に言えば草も食んでいない生後数ヶ月、乳飲み子の羊肉のローストのことだ。ラムよりもさらに柔らかく癖もないから食べやすい。

雪斗は文乃よりも数年早く社会に出ているのだから、色々な店を知っていてもおかしくはない。

先日の料亭は文乃も両親と行ったことがあったが、今日のレストランはどうみてもカップル向けな気がする。きっと誰かと来たことがあるからメニューにも詳しいのだ。

忘れていたはずの、顔も知らない松村のことがチラリと脳裏をよぎる。雪斗は文乃のことを好きだと言うが、これまでどんな女性と付き合っていたのだろう。

「文乃さん？」

先ほどまで嬉しそうに食事を味わっていた文乃が突然黙り込んだことを不審に思ったのか、雪斗が身を乗り出すように問いかけてきた。

「どうしたんです？　まさか食べ過ぎてお腹が痛くなったとか」

「そんなわけないでしょ！　子どもじゃないんだからっ」

「じゃあどうしました？」

気づかうように眉をひそめる雪斗に文乃は小さく溜息《ためいき》をついた。

別に雪斗の過去に付き合っていた女性がいようが、彼がその女性とこの店を利用したことがあるかなどどうでもいい。自分と雪斗はただの幼馴染《おさななじ》みで、今は上司と部下なのだから。

どうして急に雪斗の恋人のことなど気になってしまったのだろう。

「文乃さん？　本当におかしいですよ？」

「……だってこの前も今日もわたしの好きなものばっかりで、なんだか餌付けみたいじゃない？」

雪斗はヘンゼルとグレーテルに出てくる魔女で、文乃を太らせようとしているのだ。文乃はそのままのことを口にした。

「ヘンゼルとグレーテル？　ああ、昔はよくお昼寝の時に童話を読んで差し上げましたが、まさか読んで欲しいんですか？」

「違うってば。雪斗さんがあのお話に出てくる魔女みたいだって言ってるの」

雪斗が納得顔で頷いた。

「ああ、なるほど。なかなか的を射ていて面白い例えです。ところで魔女は太らせたあとふたりをどうしようとしていたか覚えていますか？」

「え？　そりゃ食べようとしていたに決まって……え？　食べ……⁉」

自分の頭に浮かんだいやらしい想像にパニックになった。

よく恋愛漫画だと男性が好きな子に〝食べちゃいたいぐらいカワイイ〟とか〝君を食べたい〟という言葉で愛を告げるのだ。もちろんキスや肉体的なあれこれも含まれる表現なのでドキリとしてしまう。

そして何食わぬ顔をしておけばいいのに、なにを考えているのかわかってしまうほど顔が赤くなっていた。

「わ、わたしは食べても美味しくないから！」

「そうですか？　僕には食べ頃に見えますけど」

「～～ッ‼」

眼鏡の向こうで切れ長の瞳がからかうように細められ、雪斗は薄い唇を歪《ゆが》めて片手で頬《ほお》杖《づえ》を突いた。眼差しはなんだか誘うようで、いつもより甘い気がして心臓が騒ぎ出す。

相手はいじめっ子の雪くんだ。再会してから何度も言い聞かせている言葉を、頭の中で呟《つぶや》く。

「それで、昼間出した課題についての回答は考えました？」

文乃の頭の中で起こっているせめぎ合いに気づいているのかいないのか、雪斗は頬杖を突いたまま首を微かに傾けた。その仕草が妙に色っぽくて、不自然なほどしっかりと目をそらしてしまう。

「も、もちろん」

文乃は自分を落ち着けようと、グラスに少しだけ残っていたワインを飲み干してから口を開いた。

「わたし、結婚したくないの」

「……なぜ？」

雪斗の訝《いぶか》しげな視線を真正面から受ける。

「パパはわたしと結婚した男性《ひと》に会社を継がせたいって考えてるから。ママも会社を背負っていくのに相応しい男性だからってわたしにお見合いを勧めてくるけど、わたしは自分が会社を継ぎたいって思ってるの」

「なるほど」

彼がなんやかんやと反対意見を述べると思っていたのにあっさりと頷かれて、さらなる反論も考えていた文乃は拍子抜けしてしまう。

「だ、だからパパが認めてくれるまでは仕事だけを頑張るつもり。それまで誰ともお付き合いするつもりはないの。お付き合いをしたら、男の人だってそのうち結婚を考えるものだろうし、そんな気持ちで付き合ったら失礼でしょ」

「文乃さんは付き合う相手に対して誠実でいたいということですね」

そんなたいそうな理由ではないが、相手に迷惑をかけたくないという意味ではその通りだ。すると文乃が頷き返すより早く雪斗が言った。

「でも、そんな人生寂しいと思いませんか？」

「……」

女友達には何度かこのことを話したことがあるが、ここまではっきりと指摘されたのは初めてだ。でもそれに頷くのは雪斗の悪戯な交際の申し込みを受け入れることになってしまう。

「いいの！　どうしても寂しくなったら合コンでもして彼氏を探すとか色々あるでしょ。大学の友だちにも誘われているし、三浦先輩も友だち紹介してくれるって言ってたし、わたしなんて全然誠実じゃないから」

文乃は寂しいと言われたことが悔しくて、澄ました顔で言い返した。しかし雪斗は眉一つ動かさず文乃をジッと見つめたままだ。

「文乃さんはそういう場所に本当の出会いを求めているように見えませんけど」

「な！　雪斗さんにわたしのなにがわかるのよ！　そういう場所に求めるのは一時の快楽に決まってるじゃない」

「二十三年間男性とお付き合いをしたことのないあなたに快楽云々《うんぬん》がわかるのか疑問です」

フッと唇を緩めた雪斗が鼻で笑ったような気がして、文乃は思い切り顔を顰《しか》めた。

「もう！　いちいち二十三年ってつけないでって言ってるでしょ」

苛立ちのあまり腰を浮かしかけた文乃を雪斗の声が静止した。

「落ち着いてください。せっかくのデートなのにこの間の夜のようにあなたを怒らせたくありませんから」

変わらず冷静な雪斗の声音に、文乃はまた自分が苛立っていることに気づき椅子に座り直す。しかしやはり黙っていられなくて雪斗を睨《にら》みつけた。

「あ、あれはデートじゃないしっ。ただの面談でしょ」

「じゃあ今日がデートである自覚はあるんですね」

「そうやってすぐ人の揚げ足を取る！」

またカッとなってしまい、今度は自分で気持ちを抑えつける。

口を開くと言い返してしまいそうで、文乃は白いクロスがかかったテーブルを見つめて深呼吸をした。

「文乃さんは思ったよりカッとしやすいタイプなんですね」

「う……ごめんなさい」

自分でもその通りだと思うので素直に謝罪を口にした。

こんなにすぐに喧嘩《けんか》をふっかけるような態度をとるなんて、自分でも意外で驚いてしまう。アルバイトの時もお客様に理不尽なことを言われたり、嫌なことも少なからずあったりしたが、相手にこんなふうに腹を立てたことはないのに。

なぜか雪斗の言葉は文乃の神経を逆なでするようなところがあるのだ。

結局文乃の気を引き立てるように注文されたドルチェまでしっかりいただいて、はちきれそうな胃袋を押さえて、文乃は明日からの節制を誓うことになった。

今夜も雪斗が会計を済ませてくれていて、文乃はエレベーターホールでお礼を伝えた。

「ごちそうさまでした」

「どういたしまして。気に入っていただけたようでよかったです」

ドルチェでティラミスを食べているときにも感じたが、雪斗は文乃が食べている様子を嬉しそうに見つめている気がする。本当に太らされて美味しくいただかれてしまったらどうしようと、ほんの少しだけ心配になった。

するとなんともタイミングよくエレベーターに乗り込んだ途端、雪斗が身を屈めて耳元で囁《ささや》いた。

「文乃さん、今夜はここに部屋を取っているって言ったらどうします?」

「ええっ⁉」

ビクリとして背の高い姿を振り仰ぐと、その目は冗談を言ったとは思えないほど色っぽい。本能的に身の危険を感じた文乃は慌てて離れようとしたが、すぐに背中が壁にぶつかってしまう。

「な、なに言って……っ」

その間にエレベーターの扉がスッと閉じ、狭い箱の中にふたりきりになってしまった。

視線は逃げ場所を求めてきょろきょろと動くけれど、当然そんな場所はない。そして雪斗はそんな文乃の反応を興味深げに見おろしている。

ふと文乃は絶体絶命の状況だというのに、子どもの頃飼っていたハムスターを思い出した。

文乃が水槽を覗き込むと、立ち上がってキョロキョロと頭を動かして様子を窺《うかが》う。そして抱き上げようと手を伸ばすとなんとか逃げようとジタバタするのだ。

今の自分はあのときのハムスターと同じだった。

雪斗はすべて計算し準備された水槽の中で、文乃がひとりパニックになって右往左往している様子を楽しんでいるような気がする。

そういえばあれは雪斗が飼っていたつがいが子どもを産んで、それを分けてもらった子だったはずだ。

当時犬を飼っていて、ネズミは怖いからいらないと言ったのに、雪斗に無理矢理押し付けられたという、どうでもいいことを思い出したときだった。

目の前で男の腕が大きく動き、ハムスターのように捕まえられてしまう危機を感じた文乃は、思わず首を竦《すく》めながら叫んでしまった。

「そ、それ以上近付かないでッ！」

しかし雪斗の長い腕は叫んだ文乃の前を通り過ぎ、階数のボタンを押した。客室がある階ではなく、ちゃんとロビー階が点灯していることにホッとして思わず雪斗を見上げた。

「冗談です」

あっさりと返ってきた言葉にはなんのぶれも感じない。つまりは最初からからかっていたのだ。

子供の頃もたくさん意地悪されたけれど、こんなふうに脅かされたのは初めてだった。というか、これが彼の新たなイジメ方なのかもしれない。

冗談に気づかなかった自分にも歯がゆさを覚えたが、こちらは男性との交際経験がないのだからわからなくても仕方がないのにといいわけしたくなる。

しかし今の文乃にできることと言えば、意気地なくショックで潤んでしまった瞳で睨みつけることぐらいだった。

「今夜はその赤い顔を見られただけでよかったということにしておきますね」

雪斗は文乃の刺すような視線など気にならないのか、唇に甘やかな笑みを浮かべて囁いた。

チン、という金属音が響いて開いたエレベーターの扉から飛び出す文乃の背後でくすりと笑う声が聞こえ、また腹がたってくる。

そのまま雪斗を置いてひとりで帰ろうとしたのにあっけなくタクシー乗り場で捕まってしまい、抵抗むなしく前回のように車の中に引っ張り込まれた。

「そんなに距離を取らなくても、タクシーの中じゃなにもできませんよ」

雪斗はそう言ったけれど〝しない〟ではなく〝できません〟という言い方は、他のシチュエーションならわからないと言っているように聞こえる。文乃は頑なに扉の方に身体を寄せて彼の顔を見ようとしなかった。

早く雪斗と別れて恥ずかしかった出来事などすべて忘れてしまいたいのに、隣に座っている雪斗の存在が気になってしかたない。

もちろん恋人として交際をしているならああいった誘い方もあるかもしれないが、自分は雪斗の申し出を受け入れてはいない。それなのにあんな返事に困るようなことを囁くなんて反則だ。

忘れようとすればするほどそのことばかり考えてしまい、タクシーから降りるときには気持ちはすっかり疲れ切っていた。

文乃は前回と同じように、一緒にタクシーを降りた雪斗を振り返った。

「送ってくれてありがとう。あと、毎回タクシーから降りなくていいのに。目の前なんだから」

「デートの帰りに女性を家まで送り届けるのは当然のことです。お礼を言われることではないですよ」

「……」

台詞だけなら完璧な紳士でドキドキしてしまうが、相手は雪斗だ。落ち着け自分。

「……じゃあ、おやすみなさい」

くるりと背を向けた文乃を雪斗が呼び止めた。

「文乃さん、忘れ物です」

「え?」

タクシーの中になにか忘れただろうか。そう思いながら振り返ったときだった。二の腕を強く引かれ、あっと思った時には雪斗の腕の中にいて、声をあげるよりも早く文乃の唇と雪斗のそれが重なっていた。

「……っ‼」

熱く濡《ぬ》れた感触に目を見開く。柔らかな刺激に文乃の肩が大きく跳ねた。

──キスって目を閉じるものじゃないの？

ドラマや漫画のキスシーンではみんな目を閉じているのに、今の文乃は初めて間近に見る雪斗の端麗な顔から目を離せなかった。

雪斗が顔を傾けるたびに重ねられた唇が優しく吸い上げられ、身体がブルリと震えてしまう。しかも震えは熱を持って身体中に広がっていき、その熱で思考がぼんやりしてくる。

「んん……ッ」

初めての刺激が怖くて顔を背けようとしたのに、背中に回されていた手で後頭部を押さえ付けられて動けなくなった。

ぬるりとしたものが唇の隙間をなぞる。ゾクリとした刺激が背筋を走り抜け、怖くなった文乃はギュッと目を閉じた。

「んっ……ふ……っ」

なんとか離れようと拳で雪斗の胸を叩《たた》くが、身体に回された腕の力はそれよりも強く緩む気配はない。さらに身動きができないよう抱きしめられて、熱く濡れた舌が口腔《こうこう》に押し込まれてしまった。

「ふ……や……ぁ……ん、んぅ……っ」

舌で舌を押し出そうとしたが、逆に熱い粘膜がねっとりと絡みついてくる。自分よりも厚みのある舌で口腔がいっぱいになり息ができなくなった。

拒絶しなければいけないと思うのに、淫らに口の中を舐《な》め回されるうちに、その刺激が少しずつ甘美なものへと変わっていく。

「んふ……ぅ、は、んぅ……」

雪斗は長い舌で頬の内側や口蓋、歯の付け根まで隙間なく丹念に舐めあげながら、文乃の小さな身体に覆い被さるようにして強く抱きしめ続けた。

腰が砕けてしまいそうな激しい口づけに一瞬気が遠くなり、ガクンと膝を折る文乃の身体を雪斗が抱き留めた。

「大丈夫ですか？」

広い胸に顔を埋める格好で抱き寄せられ、微かに香るコロンの香りに一瞬うっとりと目を閉じてしまう。しかしこんなふうに密着していてはドキドキと大きな音を立てる心臓の音を知られてしまいそうで、慌てて広い胸を押し返した。

「や……だ……っ」

膝から頽《くずお》れそうな身体をなんとか支え、雪斗の腕を振りほどく。よろめきながらエントランスの壁に手を突き、キスの余韻に呆然《ぼうぜん》としたまま雪斗の顔を見つめた。

「な、んで……？」

雪斗にキスをされることなど想像したこともなかった文乃は、たった今起きた出来事がまだ信じられない。しかし身体は熱を持って、唇には確かに雪斗の舌の感触や体温が残っていた。

「今夜はデートだと言ってたでしょう？　それに僕だって少しぐらい味見をしたいですし」

雪斗は文乃の反応に満足するように微笑むと、濡れた唇を赤い舌でペロリと舐めた。その仕草にまた身体が熱くなるのを感じて、文乃は雪斗から視線をそらす。そうしなければ今すぐに快楽に流されてしまいそうな気がしたからだ。

「デ、デートじゃないし！　それに……は、初めてだったのに……ひどい」

文乃が想像していたファーストキスは手を繋《つな》いだり抱きしめ合ったり、お互いの気持ちを確認してからするものだったのに、承諾もなしに無理矢理身体に快感を刻み込まれてしまった。

「それは光栄です。ごちそうさまでした」

ニヤリと唇を歪める雪斗に「バカッ‼」と大きな声で怒鳴ると、文乃は身を翻してマンションの中へと駆け込んだ。

4　幼馴染みはストーカー

――ぴぴぴっ。ぴぴぴっ。ぴぴぴっ――

少しずつ大きくなっていくアラーム音に、文乃は布団の中から手を伸ばしスマホのサイドボタンを押して黙らせる。

「あたま……痛い……」

文乃は腫れて重たくなった瞼《まぶた》を無理矢理引き上げ、カーテンの隙間から差し込む燦々《さんさん》と輝く太陽に顔を顰《しか》めた。

むしろ今朝は土砂降りだった方が嫌な気持ちも洗い流されたかもしれない。今の自分に太陽の光は毒だ。

いっそこのままもう一度布団に潜り込んで、太陽になど気づかなかったことにできないだろうか。

――うん、それがいい。もうわたしは存在しません。これは夢で本当は目覚めてなんていません。

文乃がもう一度布団を頭に被った途端、スヌーズ機能になっていたアラームが再び鳴り始める。

――無理です。聞こえません。会社には行けません。ていうか、雪斗さんに会いたくありません。

頭の中で何度もくり返しているけれど、次第にアラームの音が大きくなり部屋中に響き渡るほどのボリュームになった。

「〜〜〜ぁあああああっ‼　もうっ‼」

叫びながら布団をはねのけると、ベッドサイドでけたたましく鳴り響くアラームの音を止めた。

「……」

スマホのディスプレイは七時過ぎを指していて、シャワーを浴びるか朝食を食べるかどちらか選ばなければ間に合わなくなる微妙な時間だ。

起きてしまった以上会社に行くしかないという気持ちにはなっていたので、文乃はせめて腫れぼったい顔とガンガン痛む頭をなんとかしようとバスルームに足を向けた。

昨夜雪斗に〝バカ〟という言葉を投げつけて部屋に帰って来た文乃は、レストランでワインをかなり飲んでいたはずなのに、冷蔵庫に入っていた缶チューハイ（アルコール度数9％ストロング仕様）を二本飲み干し、ベッドに潜り込んだ。

飲んでいる最中、雪斗にキスをされたことが悲しくて大泣きをして、散々悪口を言った気がするけれど、言われるだけのことをしたのだ。それに本人には聞こえないのだから、悪口ぐらい言わないとやっていられない。

　自分は恋なんてしないし、恋人も欲しくない。だから誰かとキスをしたりそれ以上の関係になったりすることもありえないと思っていたのに。

　雪斗に抱きすくめられキスをされたときは逃げることに必死になっていたけれど、乱暴にされたわけではない。むしろキスが嫌じゃなかったことが問題なのだ。

「あああああっ」

　シャワーの熱い湯に打たれながら思わず叫んでしまう。

　どうして雪斗はキスなんてしたのだろう。大人の雪斗にはキスなんてどうってことのない、挨拶みたいなものなのかもしれない。それなのに自分は、たかがキスひとつでこんなに動揺してしまう。

　学生時代は頑なに誰とも付き合わないと気張っていたが、むしろさっさとキスのひとつやふたつ経験していれば、雪斗の嫌がらせにこんなに動揺したりしなかったのかもしれない。

　キスの時目を見開いていた文乃の脳裏には、雪斗の伏せられた長い睫毛《まつげ》や間近で見ても女性より綺麗《きれい》な肌が焼きついていた。

「もおおっ！　なんでこんなややこしいことになってるのよ！」

　シャワーを浴びたおかげで瞼の腫れも少しひいていて、メイクの時に少し冷やせばわからなくなる程度に戻っていた。

シャワーを浴びる前に頭痛薬も飲んだので、頭もすっきりしてきて、文乃はいつもの朝のようにテキパキと動き始める。冷凍庫から取り出したクロワッサンをトースターに放り込み、その間に濡《ぬ》れた髪を一気に乾かす。

コーヒーを淹《い》れる時間はないので、ポーションのコーヒーと牛乳でアイスカフェオレを作り、クロワッサンを一気に流し込み、昨夜チェックできなかった携帯のメッセージも確認した。

大学時代の同級生や会社の同期のグループのメッセージが数件と、他の会社に就職した友だちからの合コンの誘いが一件。グループのメッセージは既読だけつけて、合コンのお誘いには検討中と返事をするともう時間はギリギリだ。

メイクと着替えを済ませるとテーブルの上に転がっていた空き缶を集めて、キッチンのゴミ箱のものと一緒に袋にまとめれば出勤の準備は完了だった。

文乃が住むマンションは自分で言うのも恥ずかしいが、高級マンションの部類に入る。山手線内に位置し、最寄りの地下鉄の駅から徒歩五分。部屋は二十階建ての十二階、コンシェルジュはいないが管理人は常駐しており、部屋は１ＬＤＫでリビングは二十畳ほどある。上階には住人専用のトレーニングジムと、来客時に宿泊施設として使える有料の部屋もあった。

近所にはお洒落《しゃれ》なファッションビルや飲食店も多く、当然入社一年目の会社員が払えるような家賃ではなく、文乃の父が用意した部屋だった。このことは色々と揉《も》めたのだが、最終的に実家から通うか父が用意したマンションに住むという選択しかなく、後者を選ぶことでなんとか一人暮らしを実現したのだ。

何年か頑張って父に認めてもらえるようになったら、そのときこそ自分のお給料で部屋を借りようと思っているが、この都心の会社に近い立地だけは魅力的だった。

マンションには住民が二十四時間利用できるゴミ捨て場があり、文乃は空き缶が入った袋とバッグを抱えて、専用の鍵でその扉を開ける。次の瞬間抱えていたはずのゴミ袋とバッグを盛大な音をたてて床に落としてしまった。

「……」

「おはようございます。文乃さんもゴミ捨てですか？　今朝は遅いんですね」

どうしてこの男がここにいるのだろう。ここはオートロックの内側で、住民以外入ることができない場所だ。

呆然《ぼうぜん》とする文乃を尻目に、雪斗は床に落ちていた文乃のバッグを拾い上げた。

「この重さならパソコンは入ってなさそうですね。携帯は大丈夫ですか？」

「あ、うん。携帯はポケットに……って！　そうじゃなくて‼　どうして雪斗さんがここにいるの？」

「どうしてって、ここに住んでいるからに決まっているじゃないですか」

さらりと返ってきた言葉になにも考えられなくなる。

「いや、だって……それ、意味わかんないし……え？　なんで？」

まだ状況が把握できない文乃のことは諦めたのか、雪斗は空き缶の袋を拾い分別をしたあと、呆然とする文乃の手を引いてゴミ捨て場をあとにした。

「今日はいつもより遅いんですから、ぼーっとしていると遅刻しますよ」

そう言われて初めて手を繋《つな》がれていることに気づき、慌てて振りはらう。

「い、いつから同じマンションに住んでたの？　そんなこと一言も」

「おや、ご存じなかったですか？　ここはうちの親がオーナーなんですよ。販売されたときに社長も投資目的で購入されて、僕も社会人になるときに親から一部屋いただきました。文乃さんが一人暮らしをしたいと言っていると社長から伺いまして、それならこちらのマンションはどうかと提案したんです。僕も住んでいるから安心ですよって」

「そ、そんなこと聞いてない……」

「そうでした。文乃さんを陰ながら見守りたいので内緒にしてくださいとお願いしたんでした」

雪斗は悪びれもせずしれっとそんなことを口にした。

それに今日はいつもより遅いと言ったのは、文乃の出勤時間も知っているということだ。

「……まさか今までわたしのゴミを漁ったりとか……してないよね？」

文乃の言葉に半歩先を歩いていた雪斗がピタリと足を止めて振り返る。その顔からはいつも通りなんの感情も読み取れない。

普通の男性ならこの質問に腹を立てるかもしれないが、この男が一筋縄でいかないことは十分理解しているからこその質問だった。

「さすがにそれはちょっと……ないですね」

「そ、そうだよね」

嘘《うそ》か本当かはわからないが、とりあえずはホッと胸を撫《な》で下ろす。しかし雪斗は緩んだ文乃の気持ちをひっくり返らせるようなことを口にした。

「たしかに文乃さんのことを知るのに最適な方法なのですが、他の住民の方に迷惑ですし、通報されてしまいますからね」

残念そうな口調は、チャンスさえあればゴミ漁りもやぶさかではないと聞こえる。

「そうだ、こんなのはいかがです？」

「なに？」

「毎朝、僕が代わりに文乃さんのゴミを捨てましょうか」

「……は？」

「そうすれば毎朝誰よりも早く文乃さんに会えますし、文乃さんも楽でしょう？」

──いや、あなたが今思いついたそれは間違いなくゴミの中をチェックする新しい技ですよね！

「け、結構です！」

「それなら一緒に住みますか？　僕の部屋は文乃さんの部屋の真上なんです。ベッドも大きいですから文乃さんの寝相が少々悪くても大丈夫ですよ。なんなら今夜見に来てください」

「行かない！　もおっ！　なんでそんなに変態なの？　キモいから‼」

文乃は人目も気にせず叫ぶと、雪斗を置いて地下鉄の階段を駆け下りた。追いつかれないように小走りで改札をくぐり、ホームに着いたときは息が弾んでいた。

最寄り駅は乗換駅にもなっていて、通勤時間なのでホームは人で溢《あふ》れている。乗車列の後ろに並ぼうか、それとも一本やり過ごそうかと列を眺めていると、耳元で声がした。

「文乃さん、そこまで急がなくても間に合いますよ」

「ぎゃっ」

雪斗の囁《ささや》きに人混みであることも忘れて悲鳴をあげてしまい、慌てて両手で口を覆う。

「つ、ついてこないでよっ」

人目が気になって小声になってしまったが、むしろ変質者として周りに気づいてもらった方がいいかもしれないなどと物騒なことを考えてしまう。

「文乃さん、ひとつ提案なんですが、これからはタクシーか僕の車で会社に行きませんか？」

「……おひとりでどうぞ」

文乃はプイッと顔を背けて、ホームに滑り込んできた電車に乗り込んだ。いつものことだがこの時間の電車は一度乗ってしまったら身動きが取れなくなる。

もっと遠くからこの混雑に揺られている人もいるから贅沢《ぜいたく》は言えないが、小柄な文乃に朝の満員電車は中々の苦行だった。この数ヶ月で覚えたコツは電車の揺れに身を任せ人の流れに逆らわないことで、あとはたばこ臭いオジサンやなぜか朝から汗臭いサラリーマンを我慢すればいい。

文乃はふと腰に手が回されたような気がして顔をあげ、再び悲鳴をあげそうになり慌てて唇を引き結んだ。

電車に乗り込んだときは背後にいたはずの雪斗がいつの間にか正面にいて、向かい合う文乃の身体を自分の方に抱き寄せている。

「大丈夫ですか？　僕は電車通勤でもまったくかまいませんよ。合法的に文乃さんと密着できますし、なによりいつも遠くから見つめている文乃さんの姿をこうして間近で見ることができますから」

周りから見れば耳に唇が触れるほど近くまで顔を近づけ囁きあう恋人同士のようだが、言葉の内容は変態以外のなにものでもない。

「文乃さん、もっと僕にもたれかかった方が楽ですよ」

断るよりも早く背中を抱き寄せられ、雪斗の広い胸に顔を埋めてしまう。

「や……」

「しっ……大人しくしていてくださいね」

言葉とともに耳朶《じだ》に唇を押し付けられて、文乃はその刺激に身体をブルリと震わせた。

雪斗は文乃が抵抗できないのをいいことに、触れた唇の隙間から出した舌を輪郭に這《は》わせる。

「んっ……」

ビクンと肩口を揺らし、無意識に雪斗のシャツにしがみつく。そうして身体に力を入れていないと、唇から声が漏れてしまいそうだった。

濡れた舌がもどかしいほどゆっくりと耳のふちをなぞり、甘い痺《しび》れが腰へと伝わっていく。

「……っ」

こんなところで声を出したら、周りの人に気づかれてしまう。わかっているのに、次第に頭の中がぼんやりとしてきて、シャツを握る手がふるふると震える。

電車の中でこんなことをして会社の人に見られたらどうするつもりだろう。微かな抵抗で首を小さく振ると、逆にパクリと耳朶に噛《か》みつかれてしまう。

「ひぁ……ぅ」

唇から声が漏れた瞬間電車が大きく揺れて、文乃は声を誤魔化すように自分から雪斗の胸に顔を押し付けた。

誰かに声を聞かれなかっただろうか。しかし顔をあげて確認する勇気はなく、雪斗の胸に顔を伏せていると、大きな手が思いの外優しく、あやすように頭をポンポンと叩《たた》いた。

大丈夫、そう言われた気がして恐る恐る視線をあげると、甘い笑みを滲《にじ》ませた雪斗がこちらを覗《のぞ》き込んでいる。

どうやら誰にも気づかれなかったようで、周りからは視線を感じない。文乃はホッとして思わず深く息を吐き出した。

「はぁ……っ」

耳朶に触れられた熱の余韻のせいか、自分で思っているよりも熱っぽい吐息に、雪斗が微かに眉を上げた。

「男の前でそんな悩ましげな溜息《ためいき》をついてはいけませんよ」

すかさず耳元で囁かれて、驚くほど敏感になった身体は微かに息が触れただけでブルリと背筋を震わせてしまう。

文乃の反応を愉しんでいるのか、大きな手がゆっくりと背中を撫で下ろしていく。その思わせぶりな仕草に抗議をしたいが、こんなところで声をあげることなどできない。

いつの間にか電車は会社の最寄り駅の手前まできていて、そこまで行けば会社の人の目もあるから雪斗も離れてくれるはずだと歯を食いしばる。

電車がスピードを落とし、やっと扉が開いた瞬間、文乃はいつもなら逆らわない人の流れをかき分けて電車の外に出た。

新鮮な空気が肺の中に入りこんできて、さっきまで感じていた雪斗のコロンの香りを洗い流す。

もう二度と雪斗とは電車に乗らないと心に決めたそばから、文乃の後ろから降りてきた雪斗がまた信じられないことを囁いた。

「もう一緒に住んでいることもバレたわけですし、明日からは一緒に通勤しませんか？」

「……」

このままこの男を調子に乗らせるわけにはいかない。文乃はクルリと振り向いて雪斗を見上げた。

「もう会社以外でわたしに関わらないで。これ以上続けるのならパパに言い付けるから‼」

一番出したくない親の権威だがこの場合は仕方がない。この男を遠ざけるには父の名前を出すのが一番だ。

文乃は侮られないようにもう一度雪斗を睨《ね》めつけると、身を翻し足早に改札を出た。

しかし雪斗はその程度で諦めるような男ではなかった。翌朝から雪斗に知られていると思われる出社の時間を変え、念のため車両も変えているのに気づくと雪斗がそばにいるという毎日が始まったのだ。

初日の時のように抱きしめたり、耳朶に口づけられるようなことはなかったけれど、人混みの中でそっと手を握ってきたり、気づくとホームで真後ろに並んでいて「おはようございます」と爽やかな笑顔で声をかけてくる。

最初はその顔を見るたび苛ついてしまったが、結局会社に行ってもこの顔を見るのだと思うと、怒っても仕方がないと思うようになった。

仕事中は上司として接してくれるし、業務上文乃を贔屓《ひいき》して特別扱いすることもない。

自分の力で結果を出したいと思っている文乃にとって、それはなによりありがたいことだった。

客観的に見れば、美里や紗織の言う通り、女性にあたりが柔らかく仕事のできるいい上司だ。しかも神経質でヒステリックな部分のある課長と部下たちの間に上手く入って、防波堤のような役割まで果たしている。

これで子どもの頃の虐められた思い出やあの猫を被った変態的思考を知らなければ、男性として魅力を感じていたかもしれない。

そもそも雪斗はいつからあんな変態的思考になったのだろう。確かに兄の俊哉や晃良に比べて子どもらしくはしゃいでいた印象はないけれど、今のようにおかしな言動はなかったはずだ。

子どものときはもう少しまともだったのだから、なにかしらのきっかけがあったんじゃないだろうか。ではそれがなにかと聞かれたら答えられないけれど。

とにかく今は仕事を頑張りつつ雪斗と共存するのが、いつの間にか文乃のテーマになっていた。

すっかり通勤風景に雪斗の姿があることに慣れてしまったある朝。ふと視界に見慣れた姿がないことに気づき、文乃は混雑ピーク中の車内でぐるりと視線を巡らせた。

会議で早出だっただろうかとホワイトボードの予定を思い出そうとしたけれどなにも思い浮かばない。

営業なのだから朝イチで現場なのかもしれない。文乃は電車を降りても姿が見えないことをそう結論づけた。

ところがオフィスのホワイトボードの雪斗の名前の横には、〝休〟のマグネットが貼り付けられていた。

昨日の朝は休むなんて話はしていなかったし、もし昨日のうちに決まっていたのなら社内にいる自分や美里たちに引き継ぎのアナウンスがあったはずだ。

「先輩、今日主任がお休みになってるんですけど、昨日そんなこと言ってましたっけ？」

「ああ、主任なら病欠だって。今朝早くに課長のところに連絡があったみたい」

「え……そうなんですか？」

「うん。課長は熱があるみたいだって言ってたけど、私が主任の下に配属になってから病欠なんて初めてだから、よっぽど悪いんじゃないかな」

「……」

雪斗は子どものとき気管支が弱くて、冬になると一度は熱を出していた。美里が知る限り病欠が初めてだというのなら、昔のように弱くはないのかもしれないが、やはり病気と聞くと心配だ。

それにいつもいる顔が見えないと、悔しいけれどなんだか落ち着かない。すっかり雪斗に馴《な》らされてしまっているとも知らずに、気づくと自分と同じように一人暮らしをしているはずの雪斗ことを心配していた。

実家の母親にでも連絡していれば誰か様子を見に来てくれるはずだが、雪斗の性格だと誰にも頼らずにひとりでなんとかしようとする気もする。

幸い今日は金曜だから土日はゆっくり休めるだろう。でも反対に会社がないから人と連絡をとらず、万が一悪化したら誰にも気づいてもらえないというリスクもある。

あの雪斗に限って部屋で倒れて孤独死するなんてあり得ないと思うが、気になり出すと仕事をしていても雪斗の顔がちらついてしまい、見積書の入力ミスをして美里に直され、その後はコピーの枚数を間違えてしまい、こんな簡単なこともできないのかと課長に怒鳴られた。

「……別に心配なんてしてないけど」

文乃は雪斗の部屋の扉の前で、スーパーの袋を握りしめて呟《つぶや》いた。

はじめは部屋番号もわからないからとマンションまで帰ってきたが、なんのことはない、集合ポストにしっかり〝飯坂〟の表札が出ていて、その部屋は本当に文乃の部屋の真上だった。

表札も真上に並んでいていつでも目に入っていたはずなのに、よほど雪斗に関するものを排除したかったのだろうか。

気づいてしまったからには文乃の性格上無視することができず、もう一度近所のスーパーに買い物に行くことになった。

一人暮らしではなにかと不便だろうと思い飲み物や果物を買ってきたけれど、そもそも熱で寝ていたら突然の来客など迷惑なだけだ。もしかしたらインターフォンにだって出られないかもしれない。

「……やっぱりやめとこうかな……?」

自分で自分に問いかけて、小さく溜息をつく。ここまで来て迷うなんて、自分が過剰に雪斗を意識してしまっているからだとわかっている。そしてそれを認めたくない自分もいて気持ちがざわつくのだ。

ただの幼馴染みとして、同じマンションに住んでいる者のよしみで様子を見に来ただけだと自分に言い聞かせて、思いきってインターフォンを押した。

寝ていて気づかなければいいのに。そう願う文乃をあざ笑うようにインターフォンから返事が返ってきた。

『はい』

「……ふ、文乃です」

するとインターフォンがブツリと切れて、すぐに扉の向こうから雪斗が顔を覗かせた。

「文乃さん、どうしたんですか?」

そう言って微笑んだ雪斗は、部屋着なのか白いロングスリーブのTシャツに黒のストレッチパンツというゆったりした服装だ。スーツこそ着ていないけれど、髪はいつも通り整えられていて、病気で寝込んでいるようには見えなかった。

「……熱で寝てるんじゃなかったの？」

文乃の言葉に、雪斗はクスリと笑って薄い唇を緩めた。

「ああ、そういうことですか。とりあえず中へどうぞ」

「あ、うん」

部屋を訪ねようかどうしようか迷っていたのがバカみたいなほどあっさり招き入れられて、拍子抜けしてしまう。雪斗が用意してくれた茶色のスリッパを履いて、促されるままリビングに足を踏み入れた。

「……へえ」

間取りは文乃の部屋と変わらないが、文乃の部屋と違うのはリビングの壁一面に本棚が造り付けられていて、そこにはびっしりと本が詰まっている。

焦げ茶色のレザーソファーの背には紺色のパーカーが無造作に脱ぎ捨てられていて、ローテーブルの上には会社支給のノートパソコンと書類が広げられていた。どうやら雪斗は仕事をしていたらしい。

「ねえ、起きてて大丈夫なの？」

「ええ。もともとズル休みみたいなものなんです。ちょっと疲れていましたし、今日は金曜ですから連休にしてしまおうかと」

「……なんだ」

今日一日、なんだかんだと雪斗が心配でミスばかりしていた自分がバカみたいで、思わずそんな言葉が漏れてしまう。

「すみません。心配させてしまいましたね」

雪斗の顔には明らかに喜色が浮かんでいて、文乃は慌ててそれを否定した。

「べ、別に心配なんてしてないしっ。同じマンションだから寄っただけで、変な誤解しないでね！　はい、これ差し入れ！」

文乃はテーブルの上にスーパーの袋を置くと、プイッと顔を背けて本棚を見るふりをして雪斗から距離をとる。

「どうぞ。部屋の中を見て回ってもかまいませんよ。男性の部屋に入るなんて初めてでしょう？」

雪斗が背後でからかうように笑う。

「……っ」

その通りだが言い返すのも悔しくて、文乃は誤魔化すように本の背表紙に触れた。

文庫本は翻訳の小説が多く、ペーパーバックの洋書もある。文乃も英語はそこそこ話せるけれど、原書が読めるほどボキャブラリーが豊富ではない。ということは、雪斗は原書で読めるほど英語ができるということだ。

「興味がある本があったら持っていってもいいですよ」

「雪斗さんって英語得意なの？　洋書がいっぱい」

拗《す》ねていたことも忘れて振り返ると、食器棚からマグカップを取り出していた雪斗が小さく笑った。

「まあそれなりには。一年ですけどカナダに語学留学してましたしね」

「ふーん」

自分が雪斗のことをなにも知らなかったのだと、改めて実感する。

俊哉や晃良、それに両親も話題にしていたはずなのに、意図的に自分の記憶の中から排除していたのだろう。それぐらい昔から雪斗のことが苦手だったのだ。

でも今は違う意味で苦手になってしまった。甘やかすように優しく微笑まれたり、ドキリとしてしまいそうな色っぽい瞳で見つめられたりすると落ち着かなくて、背中の辺りがムズムズしてしまう。

「文乃さん、コーヒーでいいですか？　それともカフェラテにしますか？　あいにくキャラメルソースがないので、文乃さんの好きなキャラメルラテは作れませんが。今度は文乃さんのために買っておきますね」

雪斗が目尻を下げて、まるで子どもを甘やかすように微笑んだ。

こんなふうに甲斐甲斐しく、しかも当たり前のように文乃の好きなものを把握しているのも気に入らない。文乃は唇を尖《とが》らせるように突き出すと、首を横に振った。

「普通のコーヒーでいい。別にキャラメル好きじゃないし……あ」

そこまで口にして、文乃は部屋を横切って雪斗の額に手を伸ばした。

「やっぱり。まだ少し熱があるじゃん」

自分の体温よりも微かに熱い感触に文乃は顔をしかめた。遠目だが、なんとなく雪斗の顔色がいつもとは違うような気がしたのだ。

それに最近の雪斗は隙あらば文乃に近付いて触れようとするのに、今日はなんとなく距離があると感じていた。

「あなたより平熱が高いんですよ」

雪斗は慌てることもなく文乃の手から離れようとしたけれど、一瞬早く文乃がその腕にしがみつく。

「ダメだよ。雪斗さん、子どもの頃気管支が弱くてよく熱出してたじゃない。ほらベッド行って!!」

間取りは同じなのだから奥がベッドルームだろうと彼の腕を摑《つか》んだまま扉を開け、ベージュのベッドカバーが掛かったベッドに引っぱって行く。

「文乃さんにベッドへ誘われるなんてドキドキしますね」

「誘ってないから！　大人しく寝なさいって言ってるの!!」

文乃は乱暴に雪斗の背中を押してベッドに追い立てて、ついでに眼鏡も取り上げベッドサイドに置いた。

「言っておくけど今の発言も、それから……キ、キスしたりとか、電車で手を握ったりとかは全部セクハラなんだからね」

「じゃあどうして社長に言い付けなかったんですか？　社長じゃなくてもハラスメント課に訴えるという方法もあったでしょう？」

大人しくベッドに寝転んだ雪斗に、探るような眼差しを向けられて答えに困ってしまう。

確かにさっさと父に訴えて、こんなセクハラ発言をやめさせれば、いちいち動揺しなくてすむのだ。

「それは……雪斗さんが訴えられたら、飯坂のおじさまやおばさまが悲しむでしょ。そもそも雪斗さんがセクハラしなければいいんだから」

「それだけですか？　文乃さんは優しいんですね」

自分すら気づかない心の奥の方を見透かされた気がして、文乃はプイッと顔を背けた。

「ご、ご飯は？　食べた？」

「あまり食欲がなかったので、ヨーグルトを少し」

「じゃあコーヒーなんて飲んだらダメじゃん！　おかゆ作ってくるから、それまで大人しく寝てなさい！」

「承知しました」

決して優しい言葉をかけられているわけではないのに、嬉《うれ》しそうに微笑む雪斗に、文乃は乱暴に上掛けを被せた。

雪斗の部屋のキッチンは、シンク周りはもちろん、冷蔵庫の中まで整然としていて彼の几帳面《きちょうめん》さが見てとれる。

文乃はとりあえずダイニングテーブルの上に置いてあったイオン飲料と果物を冷蔵庫の中にしまう。それから家主の許可も取らず棚をいくつか開けて鍋とお米を探し出し、手早く火にかけた。

よくお嬢さん育ちだから料理が苦手だと偏見を持たれるが、通っていた女子校は良妻賢母を育てることを謳《うた》っている学校で、料理や裁縫はしっかり躾《しつ》けられている。

問題はどうして自分が雪斗におかゆを作ることになったかということだ。

最初は訪ねることも迷っていたのに、いつの間にか部屋に上がり込み、男の人の部屋でキッチンに立っているという状況に今さらながら唖然《あぜん》とする。別に雪斗は頼りなくて世話をしてやりたくなるような〝放っておけないタイプ〟ではない。

微熱こそあったようだが、部屋に来たときも元気だったし、上がり込まずに買ってきたものを手渡して帰ればよかったのだ。

強引な口調ではないけれど押しが強いというか、気がつくと食事の約束したり、こうして家の中に招き入れられている気がする。

「うーん……わたしが押しに弱い？　いや、警戒心がない……とか？」

ガチガチにガードが堅いタイプではないが、これまで男性に交際を申し込まれたり誘われたりしたときも、キッパリと断ることはできていたから、やはり雪斗の方に原因があるのだ。

おかゆを煮込んでいる間に買ってきたオレンジとリンゴの皮を剝き、ガラスの器に盛り付ける。それから部屋で食べられるようにと吊《つ》り戸棚の奥からひとり用の土鍋を見つけて、できあがったおかゆを盛り付けた。

「雪斗さん、おかゆできたけど……」

トレーを抱えて扉を開けると、部屋の中から返事はない。しんと静まりかえった様子にベッドを覗き込むと、雪斗は規則的な寝息をたてていた。

「寝ちゃったか」

その穏やかに眠る顔を見て、文乃はホッとして土鍋の載ったトレーをサイドテーブルの上に置いた。

文乃が部屋から出ていたのは三、四十分ほどで長い時間ではない。やはり体調がすぐれなくて、身体が眠りを求めていたのだろう。

眼鏡を外した無防備な寝顔には、なんとなく子どもの頃の面影がある。こんなふうに向こうの視線を気にせず雪斗の顔を見つめるのは初めてで、文乃はベッドの横に膝をついて男の顔を覗き込んだ。

一度別荘にいるときに雪斗が寝込んだことがあった。どういう経緯だったかは覚えていないけれど、寝込んでいる雪斗の部屋を見舞って、こうして顔を覗き込んだ記憶がある。

いつも意地悪な雪くんが苦しそうにしていて、可哀想だと思ったら急に悲しくなって泣いてしまったのだ。もちろんそのあと元気になった雪斗には変わらず虐められたから、すっかりそんなこと忘れてしまっていた。

「あの頃のわたし、カワイイじゃん」

目の前の雪斗が苦しそうではないのが救いだ。それに穏やかに眠っている雪斗はいつものように嫌味な言葉を言わないし、見ているだけなら綺麗な顔立ちをしているのだからなんの不都合もない。断然気楽だった。

「なーんでこんなキモい人になったかな……」

文乃は雪斗の寝顔を見つめて溜息をついた。

5　目覚めたら

――暖かいなぁ。

文乃は実家の愛犬のシェットランドシープドッグ、ソレイユの温もりが心地よくてその長い毛並みに頰を押し付けた。

実家にいるときは部屋から出して寝たはずなのに、かならず朝になると文乃のベッドの上で眠っていた。夏の朝などうっとうしいぐらい暑いときもあるのだが、懐かれているのは嬉《うれ》しいもので、いつもこうして抱きしめて眠っていたのだ。

でもどうしてこのマンションにソレイユがいるのだろう。

目を閉じたまま長い毛を撫《な》でると、いつもとは感触が違う。文乃がギョッとして目を開くと、視界にはソレイユの代わりに人間の黒髪が飛び込んで来た。

「え……キャアッ!!」

自分が胸の中に搔《か》き抱いているものを見おろして悲鳴をあげた。

あろうことかいつの間にか彼のベッドに横たわり、自分の胸に雪斗の頭を抱え込んでいた。しかも眠っているはずの雪斗はしっかり目覚めて、文乃の腕の中でこちらを見上げている。

「文乃さんが積極的なのでドキドキしました」

「ソ、ソレイユと間違えただけだし‼」

慌てて起き上がったけれど、伸びてきた腕に抱き寄せられて、今度は文乃が雪斗の胸に顔を埋める格好になった。

「ちょっと！　バカ！　キモいってば‼」

腕の中でジタバタと暴れる文乃を、雪斗は易々と押さえ付ける。呼吸をするたびに雪斗の香りが鼻腔《びくう》に入り込んできて、その濃厚さにクラクラと眩暈《めまい》を覚えてしまう。

「放してってば！　なんで抱き付いてくるのよっ、変態ッ‼」

「眼を覚ましたら文乃さんが枕元で眠り込んでいたので、風邪をひかないようにベッドに入れたんですよ。そうしたら突然文乃さんの方が寝ぼけて抱きついてきたんです。ということは、変態は先に抱きついてきた文乃さんということになりますね」

「〜〜‼」

力で敵わないのは十分承知しているけれど、口でも敵いそうにない。文乃は溜息《ためいき》をついて抵抗するのを諦めた。

「思ったより早く諦めましたね。素直に人の言葉を聞くのは文乃さんのいいところです」

まるで子どもを誉めるような口調はイラッとするけれど、雪斗の腕の中は暖かくて、悔しいことに居心地は悪くない。

「さっさと声をかけて起こしてくれたらよかったでしょ」

文乃は抱きしめられたまま雪斗を見上げて、ぷうっと頬を膨らませた。

「まだ真夜中ですし、せっかくなので文乃さんの寝顔を見ていました」

「……は?」

「いつまで見ていても飽きないのでどうしようかと思っていたんです。文乃さんが目を覚ましてくれてホッとしましたよ」

——やっぱりキモい。キモすぎる。

一瞬でも雪斗の腕に身を委ねてしまった自分が恥ずかしい。

「もう具合もよくなったみたいだし、帰る!」

文乃はそう叫ぶと、再び雪斗の腕の中から逃げ出そうとあがいた。

「ダメですよ。彼氏の部屋にきたらすることがあるでしょう」

雪斗はそう言うとするりと身を起こし、暴れる文乃を易々と組み敷いてしまった。

「ちょ……っと! 彼氏じゃないし!」

この体勢はまずい。いくら男性経験がないといっても、こちらだって子どもではないのだから、どんな意味があるかぐらいわかる。

「僕がなにをしようとしているかわかっている顔ですね」

「……っ」

ダメ。そう言いたいのに、喉にはりついてしまったかのように声が出てこない。

この間のようにキスをされたらおかしくなってしまうのに。そう思っている間にも雪斗の整った綺麗《きれい》な顔が近付いて思わずぎゅっと瞼《まぶた》を閉じる。するとと濡《ぬ》れた唇が、閉じた瞼に優しく押し付けられた。

「文乃さん、好きです」

雪斗の掠《かす》れた声に、この前のように唇を奪われるものだと思っていた文乃は目を見開いた。

「キス、してもいいですか？」

「……っ」

こんな逃げられない体勢で聞いてくるなんてズルイ。ダメだと言っても無理矢理口づけられる距離で囁《ささや》かれて、頭の中が真っ白になる。

「文乃さん、いいって言って」

頬に唇が押し付けられ、その熱さに促されるように文乃は思わず小さく頷《うなず》いてしまった。

恥ずかしさに目を瞑《つぶ》る寸前に、近付いてきた唇の端が嬉しそうに吊《つ》り上がったような気がした。

「んっ」

優しく触れるだけのキスをくり返され、心臓がドキドキと音を立てる。あの夜は強引にキスをされて、なにがなんだかわからなかったけれど、今日はもどかしくなってしまうほど柔らかい口づけだ。

ゆっくりと官能を引き出すような、焦《じ》らすようなキスに文乃の身体が小さくぶるりと震えた。

「ふ……んんっ」

文乃が微かに漏らした声が合図のようにぬるりとした舌が唇の隙間から滑り込み、歯列をこじ開けるようにして入り込んでくる。

「んぁ……ふ……ぅ」

熱い舌が文乃の小さな舌と重なり、擦り合わされる。その刺激に肩口を揺らすとさらに口腔《こうこう》の奥まで舌を押し込まれ、絡め取るようにして舐《な》めしゃぶられた。

「んふ……ぁ……んぅっ……」

鼻から漏れる息が信じられないぐらい熱い。文乃の方が熱でもあるみたいだ。それに身体中がムズムズとしてくすぐったい。

無意識に身体を捩《よじ》るようにして、シーツに背中を擦り付ける。すると雪斗が唇を重ねたまま囁いた。

「もっと……してもいいですか？」

「……え？」

うっすらと目を開け見上げると、雪斗は微笑んでチュッと唇を吸いあげる。

「文乃さんをもっと気持ちよくしたいんです」

そう言われて初めて、雪斗とキスをすることが嫌ではないと感じた。舌で口の中を探られるのは恥ずかしいけれど、キスをしているときの雪斗は優しいし、なにより彼の言う通り気持ちがいい。

「文乃さん」

柔らかな声音で名前を呼ばれ、霞《かすみ》がかった思考のまま頷くと、雪斗は見たこともないような甘い笑みを浮かべた。

蕩《とろ》けるような甘い眼差しに心臓が大きく跳ねて、文乃は頬が赤くなるのを感じた。

「カワイイ」

呟《つぶや》きとともに再び深く唇を覆われて、その刺激に甘えるように鼻を鳴らしてしまう。

「んん……ぅ」

この間はただ怖かっただけのキスが、今は気持ちがいい。頬や口蓋を丁寧に舌で撫でられ、少しずつ気持ちが昂《たか》ぶっていくのがわかる。

舌の付け根辺りからどっと唾液が溢《あふ》れてきて、唇の端から首筋へと零《こぼ》れ落ちていく。その雫が肌を伝う感触ですら気持ちがいいと思えてしまうのが不思議だった。

「は……んんぅ……」

無意識に鼻を鳴らすと、雪斗の大きな手のひらが文乃の頬を撫で下ろし、ブラウスから覗《のぞ》く白い首筋を擽《くすぐ》る。

「あ……っ」

文乃の声に答えるように、雪斗の手がブラウス越しに胸の膨らみを包みこんだ。やわやわと揉《も》みほぐす仕草に、すっかりキスに意識を奪われていた文乃は目を見開いた。

「まっ、て……それ、だめ……っ」

そう言っているそばから柔らかな丸みを揉みしだかれて身を捩る。

「や……ぁ……」

「文乃さんがもっとしてもいいって、頷《うなず》いたんですよ」

「ちが……」

文乃は必死で首を振った。雪斗が言っているのはキスのことだと思ったのだ。

「キスぐらいなら許しても平気だなんて、甘いことを考えてました？」

確かに多少の好奇心はあったかもしれない。口づけはどんどん気持ちよくなるし、やめたくないと思ってしまったのだ。

よく好奇心は身を滅ぼすというけれど、これも自己責任なのだろうか。

そう思った瞬間、文乃は情けないことに怯《おび》えたような眼差しで雪斗を見上げてしまった。

「今にも泣き出しそうなその目……たまりませんね」

雪斗は唇に浮かべた笑みを深くすると、文乃の無防備な耳朶《じだ》に唇を寄せ、柔らかなその場所に歯を立てた。

「ひん……っ」

さっきはキスに酔わされて不覚にも優しいと思ってしまったけれど、やっぱり本質はいじめっ子の雪くんだ。

大きな身体の下でジタバタともがく間にブラウスのボタンが外され、ピンクのブラが露わになる。

「や……いきなりこんなこと……」

「いきなりじゃないですよ。僕は前からあなたを抱きたかったたし、妄想の中でならもう何度も抱きましたから」

雪斗の手がブラを押し上げ、白い丸みが零れ出た。

「や、やだってば！　見ないで……っ」

「こんなに素敵なものを見ないでいられるわけがないでしょう。それより下着のサイズ合ってますか？」

「……え？」

「アンダーはいいですが、トップはもうワンサイズ上のほうが身体に負担がかかりませんよ。なんなら僕が採寸してあげましょう」

「……へ、変態」

「文乃さんの身体の心配をしているだけですよ。まあ褒め言葉として受けとっておきますね」

雪斗は目を細めて、唇を艶っぽく歪《ゆが》めた。

一般的に軽蔑する言葉を褒め言葉として受けとるなんて、どれだけポジティブなんだと突っ込む言葉は、嬌声《きょうせい》に変わる。剝き出しになった胸の尖端が、赤い舌を覗かせた雪斗の口腔にぱくりと咥《くわ》え込まれてしまったからだ。

「やぁッ……ン‼」

熱く痺《しび》れるような刺激に文乃は身体を大きく戦慄《わなな》かせる。それに応えるように、雪斗が硬く膨らんだ乳首を口の中で転がした。

「あ、あぁ……やぁ……やめ、て……それ、やだぁ……っ……」

背筋がゾクゾクと痺れ、唇から自分のものとは思えない艶を帯びた高い声が漏れる。

「や、は……あぁ……ん」

「いい声ですね。もっと聞かせてください。僕の愛撫《あいぶ》に身悶《みもだ》える文乃さんの姿はちゃんと心のムービーにも録画しておきますから、安心して感じていいですよ」

「ば、ばかぁ……っ、んぅっ」

この男はとんでもない変態だ。本当にどこかにカメラを仕掛けているのではないかと心配になってくる。

雪斗は唇を使い、わざとちゅぷちゅぷと音をたてて乳首をしごく。文乃は快感で声が漏れないよう、必死で唇を引き結んだ。

「ん……ふ……ぅ」

「ふふ。もしかして僕に声を聞かせないつもりですか？」

ぎゅっと柔肉を摑《つか》み、押し出された尖端を文乃に見せつけるようにねっとりと舐めあげる。

「あ……ふ……」

ぬるつく舌が立ち上がった乳首に巻きつき、甘い刺激に頭に血がのぼってくらくらしてしまう。

「こちらもしてほしくなったでしょう？」

触れられてもいないのにぷっくりと膨らんだ、反対側の尖端を指で弾いた。

「ん……っ」

それでも文乃が唇を引き結んでいると、雪斗は口を大きく開け頂を口腔に迎え入れた。

「ひ……んっ」

チュプチュプと舐めしゃぶる水音がやけに大きく響く。

「ほら、ちょっと舌で舐めただけでこんなに硬くして、悪い子ですね」

「……っ」

「そうやって声を我慢していても僕を煽《あお》るだけですよ。どうやってでも文乃さんを喘《あえ》がせたくなりますからね」

雪斗は蠱惑《こわく》的な笑みを浮かべると、再び口淫を始めた。濡れたまま放置されていたもう一方の尖端にも指を伸ばし、くりくりと捏《こ》ね回すような愛撫をくり返す。

「あぁ……っ、ん……んぁ……っ」

雪斗の巧みな愛撫に自然と唇が緩み、少しずつ意識が朦朧《もうろう》としてくる。こうして乳首を刺激されていると、身体中がむずむずとして、なんだかもどかしい気持ちになってしまう。

このまま流されてはダメだと頭では思うのに、身体が言うことを聞かない。

「や、もぉ……やだぁ……っ」

子どもがむずかるときのように鼻を鳴らすと、身体に触れていた手の力がほんの少し緩む。胸の膨らみから顔をあげた雪斗が、じっと文乃を見つめてくる。

「僕とこんなことをするのは気持ち悪いですか？」

その顔は不安そうに見えて、〝そんなことはない〟――一瞬だけそう答えてしまいそうになった自分に驚いた。

気持ち悪いどころか雪斗に触れられることが気持ちいいなんて、口が裂けても言えない。そんなことを口にしたら、嬉々《きき》として文乃を抱こうとするに決まっているからだ。

「こ、こんなこと……したくないし……」

愛撫のせいで呼吸が乱れていて、うまく言い返せない。

「でも気持ちがよかったでしょう？　初めてなのにかわいい声で啼《な》いてましたし、乳首だって」

雪斗の長い指が、文乃の胸の中心で存在感を主張する乳首を弾く。

「ひぁっ！」

「こんなに硬くして」

見透かすような笑みに、文乃はプイッと顔を背けた。

「それは雪斗さんが……さ、触るから」

「それにたっぷり舐めてあげましたからね」

雪斗は顔を背けたせいで無防備になった耳朶に口づけた。

「あ、ん！」

「電車でここにキスをされたとき、どんなふうに感じました？」

舌先がゆっくりと輪郭を舐め下ろす感触は、嫌でも満員電車の中でされたことを思いだしてしまう。

「好きです、文乃さん。大切にしますから僕のものになってください」

熱っぽい囁きになにも考えられなくなる。

逆上せたときのようにボウッとしてきて、こんなふうに熱烈に想いを告げられることも悪くないと思えてしまう。

「文乃さん、好きです」

繰り返される言葉に混乱して、雪斗の唇を振り払うように頭を振る。

「いや……わからな……」

「僕とのこと、ちゃんと考えてもらえますか？」

頭をシーツに押し付けるようにして、耳朶に歯を立てられる。ぬめる舌先が耳孔に押し込められ、艶かしい音が頭の中まで響いてきた。

「や……はぅ……か、考えるから……もぉ、やめ、て……」

これ以上されたら、本当に頭がおかしくなってしまう。文乃は震える手で雪斗の広い胸を押した。

「は……っ、は……っ……」

荒い呼吸を繰り返していると、雪斗の大きな手が赤く染まった両頰に添えられ、頰や鼻先に掠めるようなキスが落ちてくる。

「ん……っ」

羽で擽られているような刺激に首を振ると、雪斗がくすりと笑いを漏らした。

「初めてなのに少し刺激が強すぎましたか？　目が潤んでいて可愛いですよ」

そう言うともう一度チュッと鼻先に口づける。

「それにしても、前から思っていたんですが、文乃さんは少しガードが緩すぎませんか？　男の部屋で居眠りをするなんて無防備過ぎます」

確かにその通りだが、それだと電車で痴漢に遭うほうが悪いという理論になってしまう。

雪斗がなにもせず、声をかけて起こしてくれればよかったのだ。

文乃がつい反抗的に唇を尖らせると、そこにも雪斗が口づけてくる。

「僕の思い通りになるのが嫌なんでしょう？　そんな拗ねた顔をしても僕には可愛いだけですよ。恋愛経験のない文乃さんに駆け引きなんてできないんですから、素直に僕とのことを考えてください。そうすれば僕が順番にちゃんと教えてあげます」

雪斗の言い聞かせるような言葉になんとなくカチンとくる。このまま言いくるめられてしまいそうな気がして、文乃は再び唇が触れる寸前に両手で唇を覆った。

「んっ……ちょっと！」

雪斗がわずかに身体を離すのを確認してから口を開く。

「恋愛経験がないからって、どうして初めてだって決めつけるのよ！　そんなのわからないでしょっ」

文乃の叫びに、雪斗が今日初めて驚いたように目を見開く。それを見てやられっぱなしだった文乃は、少しだけ胸がスッとした。

間違ってはいないけれど、なんとなく子ども扱いされているようで、反抗してみたくなってしまったのだ。

雪斗をやり込めた気になっていた文乃は、それまで甘やかすように自分を見つめていた男の目が冷ややかに細められたことに気づくことができなかった。

「文乃さん……今、自分がなにを言ったかわかってます？」

「は？」

首筋に刃物でも押し付けられたようなひやりとした言葉に、やっと彼の様子がおかしいことに気づく。

「ゆ、雪斗さん？」

「あなたが嫌なら今日はこれで許してあげようと思いましたが、気が変わりました。確かめさせていただきます」

――なにを？　そう問い返すよりも早く両手をシーツに押し付けられ、身体にかかっていた雪斗の身体の重みが増した。

「……な、に？」

「男に組み敷かれているときは、よく考えて発言しないとどうなるか教えてあげますよ」

雪斗はニヤリと、無知な文乃を嘲笑うように唇を歪めると、そのまま白い首筋に顔を埋めた。

「ひぁ……や、やだぁ……ッ」

素肌に触れた濡れた唇の刺激に驚き、雪斗の腕を振りほどく。するとそれほど強い力ではなかったのか両手はあっさりと自由になり、とっさに文乃は雪斗の顔を押し返した。

「やめて……っ」

雪斗が怯んでいる間に、片手で身体を起こす。ベッドから逃げだそうと身を捩った瞬間、背後から抱きすくめられ、そのまま人形のように男の膝の上に座らされてしまった。

すでにむき出しになっていた両胸を掬《すく》い上げるように大きな手が添えられ、その手の熱さに文乃は大きく身体を震わせてしまう。

「ひぁ……っ！」

乳首は先程の愛撫で硬く凝っており、手のひらでコロコロと転がされるだけで、そこから身体中に甘い痺れが広がっていく。

背後からだというのに、雪斗は手際よくはだけていたシャツとブラを文乃の上半身から取り去ってしまった。

「ダ、ダメ……触らない、で……っ」

なんとか腕から抜け出そうと思うのに、長い指が小さな尖りを摘まみ上げる。指先で揉みほぐしたり、強く押し潰したりを繰り返し、快感に慣れていない身体は腰が砕けてしまったように力が入らなくなっていく。

「は……んっ……や……」

「ここに僕以外が先に触れたと思うと腹が立ちますね」

雪斗は耳元で小さく呟くと、見せしめのように摘まんでいた乳首を一際強く引っぱった。

「いやぁっン！」

強すぎる刺激に思わず悲鳴をあげると、耳朶に柔らかな唇が押し付けられる。

本当は誰にも触れられたことなんてない。雪斗だって間違いなく気づいているはずなのに、熱い手のひらは胸元からウエストラインを撫でて、暴れたせいでずり上がったタイトスカートを捲《めく》り上げた。

「やぁっ！　ダメ、やめて……ホントにダメ、なの……っ」

ナチュラルカラーのストッキングと下着が露わになり、目の前の生々しい光景に頭の中が真っ白になる。雪斗は腕の中でジタバタと暴れる文乃を片手で抱えながら、捲れ上がったスカートに手をかけた。

「ほら、汚さないうちにスカートを脱いでおきましょうね」

まるで子どもの着替えをさせる母親のような口調に、新たな羞恥心が湧き上がってくるけれど、このままでは着ているものを汚してしまいそうなことは自分でもわかっていた。

雪斗に触れられるうちに足の間が濡れていて、それが確実に下着を汚してしまっていることに気づいていたからだ。

「ゆ、雪斗さんが触らなければいいだけでしょ……っ」

必死でそう言い返したけれど、スカートに続いてストッキングと下着も手際よく脱がされてしまう。あまりにも手慣れていて、どうしてそんなことができるのだと問いつめたくなるテクニックだ。

「ばかぁ……っ」

半ベソになった裸の文乃を、雪斗が力強く抱きしめた。

「文乃さんのいい匂いがしますよ」

耳のすぐそばでスーハーとくり返される呼吸音に、カッと頭に血が上る。今朝シャワーは浴びたけれど、丸一日会社で働いてきたのだ。もうコロンの香りもとんでいるし、汗臭いに決まっているから、雪斗の言うようないい匂いのはずがない。

「いやっ、嗅がないで！　離れて！　もぉ、帰るから！」

すると雪斗はクスクスと笑いながら首筋に鼻頭を擦り付ける。

「こんな格好では、もうどこにも行けませんよ。それに男は、イヤだって言われると燃えるものなんです。そんなことも知らないいんですか？」

「そ、それは……雪斗さんだけでしょ」

「へえ、他の男は違ったんですか？」

剣呑《けんのん》な声音にしまったと思ったが、あとの祭りだ。雪斗の手が再び少し乱暴に文乃の身体を弄り始めた。

「初めてじゃないというのなら、少しぐらい激しい方が感じますよね？」

「あ……やぁだ……ッ……、んん……っ」

そんなことを言われても本当は初めてなのだから、なにが正しいのかわからない。ふるふると首を横に振ったけれど、男の手が容赦なく身体のそこかしこへと這《は》わされる。

「ン……んん……っ」

身動ぎするたびに足の間のぬるつきが気になって、足を大きく動かすことが出来ない。気づかれないように両膝をぴったりと閉じていたけれど、雪斗の指はその閉じられた場所を守る茂みに触れた。

「んっ」

毛先に指をからめ軽く引っぱられて、文乃の肩がビクリと震える。

「いい加減認めたらどうですか。僕以外の男に触れられたことなどないって。そうすればもっと優しく抱いてあげますよ」

口調は優しいけれど、結局はこのまま文乃に触れ続けるつもりであることには変わらない。その態度の表れのように指先は毛先を弄ぶ。

それに明らかに自分の方が優位だという、余裕たっぷりの声音にも腹が立つ。

負けを認めたくない文乃は自分でも驚くぐらい意地になっていて、唇を引き結び、頑なに首を横に振った。

「強情ですね。そういうところも昔と変わりませんが、そんな態度ばかりでは自分のためにならないということを今夜は教えてあげましょう」

雪斗は耳元でそう囁くと、左手で文乃の太股を持ち上げて、必死に隠していた濡れた場所を露わにしてしまった。

「やぁだっ！」

長い指が躊躇《ちゅうちょ》することなく、まだ誰にも許したことのない秘密の場所に滑らされる。すぐに割れ目から蜜が滲《にじ》み出し雪斗の指を濡らし始めた。

「ほら、もうこんなに濡れているじゃないですか」

「あ、や……さわらな、で……っ」

文乃の中から滲むいやらしい蜜が雪斗の指の動きを助けていることはわかっているのに、自分ではどうすることもできない。片足を抱え上げられているせいで、男の手から逃げ出すことができないのだ。

雪斗が指に力を入れたのか、指がぬるりと重なりの間に潜り込む。隠れていた淫唇に指が触れて、肉襞《にくひだ》を乱していく。

「あ……や……んぅ……」

「ちょっと力を入れたら指も入りそうですね」

どこに？　男性経験のない文乃は思わずそう口にしてしまいそうになる。

「それで、文乃さんは僕以外の男にどこまで許したんですか？」

ぬるりと太い指が秘裂を割って、蜜源の入口を探る。

「言わないということは、これ以上ですか？」

太い指にグッと力が加わり、身体の中に異物が入ってくる感触に文乃は背筋を大きく戦慄かせた。

「ひ……ぁ、あ、あ……っ」

まだ解れていない隘路《あいろ》の深いところまで沈められた指の刺激とわずかな痛みに、お腹の奥がキュウッと収斂《しゅうれん》してしまう。

「や……いた……抜い、て……っ」

「どうして？　もう他の男にここを可愛がってもらったことがあるんでしょう？」

雪斗は耳孔に唇を近づけてそう囁くと、長い指を少し乱暴に抽挿しはじめる。

「あっ、や……っ、ダメ……あぁ、ああ……っ」

すぐに指の間からクチュクチュと艶めかしい音が聞こえてきて、恥ずかしいという感情とは別に、もっとこの快感に支配されたいような不思議な気持ちがわき上がってくる。

「ほら、もう少し足を開けばもっと気持ち良くなれますよ」

甘い声で囁かれて、されるがままになってしまう。

「や……」

誰にも見せたことも触れさせたこともない場所が晒《さら》され、雪斗の指で乱されていく。

最初はきついと感じていた指が、何度も抜き差しされているうちに隘路を少しずつ解し、胎内《なか》が擦られる刺激を心地よいと感じ始めてしまう。

指が抜けてしまうことが切なくて、片足を抱え上げられた不安定な格好でなければ、自分から腰を浮かせて指を追いかけてしまいそうなほど快感を覚えていた。

「や、いやぁ……あ、あぁ……こんなの、したくない……っ」

こんな快感は知りたくない。必死で抗う言葉を口にするけれど、愉悦に染まった身体から漏れる声は艶を帯びた嬌声だ。

「大丈夫ですよ。もっと力を抜いてください」

あやすような雪斗の声がするけれど、もうなにを言われているのかもわからなくなっていた。

自分の中にこんなにも淫らな欲望があることを知って恥ずかしくてたまらないのに、意識は雪斗の指の動きだけを追っている。

「あ、あ、あぁ……」

二本の指が何度も胎内を擦り、そのたびに身体の中で小さな熱が弾けて、いつの間にかそれは大きな熱の塊になって身体の中で暴れている。

「や……これ、きら、い……」

熱を持った身体が疼《うず》いて苦しくてたまらない文乃は、半ベソをかきながら訴えた。

「大丈夫ですか？　まだ胎内ではイケなさそうですね」

雪斗はなにを言っているのだろう。文乃が微かに首をひねって雪斗を見上げた瞬間、熱いキスが唇を覆う。

「んんぅ」

文乃が鼻を鳴らすと、抱えられていた足が自由になる。胎内から指が引き抜かれて、しとどに濡れた指が淫唇を捲り、隠れていた花芯に触れた。

「ん！　んん‼」

初めて感じる痛みにも似た刺激に、文乃は唇を塞がれたまま声をあげた。

花芯に蜜を擦りつけられ、指先で転がされる。ただそれだけの動作なのに、その場所が激しく疼いて、触れられていないお腹の奥まで疼きが広がっていく。

「ン……ふ、んぅ……ぁ……」

文乃が上げる声をすべて吸い取るかのように口の中いっぱいに舌が押し込められ、解放されないもどかしさに身を捩る。

すると腰を強く引き寄せられ、花芯を擦る指の動きが激しくなった。

「……っふぅ……ンンッ……！」

強い刺激に目を見開くと、雪斗が重なった唇の隙間で優しく囁いた。

「大丈夫ですよ……そのまま感じていてください」

雪斗の指が敏感な粒に触れるたび、身体だけでなく胸の中が激しくざわめいて、苦しい。

こんなことはして欲しくない。そう思うのに、身体は文乃の意思とは反対に熱を帯びて高まっていく。

そんな文乃を煽るように、花芯を嬲《なぶ》る指の力が強くなった。

「ひぁ……ん……や、もぉ、……むり……っ」

身体の中からなにかが噴き出してくるような強い快感に、不自然なほど足に力が入ってしまい、つま先までガクガクと震えはじめる。

腰が砕けそうなほど甘く強い愉悦に、文乃は自分から雪斗の胸に背中を押しつけ、身体を大きく仰け反らせた。

「あ、あ、あぁぁ……っ！」

ビクビクと身体を痙攣《けいれん》させると、背後から雪斗の腕が強く抱きしめてくる。まるで文乃がどこかへ行ってしまわないようにつなぎ止めるような仕草だった。

「あ、んっ……んん……」

大きな波に何度も身体を揺さぶられて溺れかかったあとのような不思議な感覚を、雪斗の腕の中でやり過ごす。

やがて信じられないぐらいの疲労を感じて、雪斗の腕の中だというのにすべてを委ねるように身体の力を抜いた。

「大丈夫ですか？」

文乃をシーツの上に横たえながら顔を覗き込んでくる雪斗の目は、今まで見たこともな

いほど艶っぽくて、知らない男の人みたいだ。

その目に見つめられているうちに、説明のつかないもどかしさがこみ上げてくる。

「……や……もぉやだ！　雪斗さんのばかぁっ」

やめて欲しいと頼んだのに、無理矢理感じさせられてしまったことが恥ずかしくてたまらない。なにより簡単に雪斗の思い通りにされてしまった自分が悔しかった。

この感情の理由がわからずに思わず涙を浮かべると、雪斗は微苦笑を浮かべて文乃の頭を抱き寄せた。

「どうして泣くんです？　嫌なことなんてしていないでしょう？　あなたが気持ちよくなることだけしているんですから」

気持ちよくなかったわけではないが、雪斗にこんなふうに身体に触られたりキスをされたりするのは、恥ずかしいのだ。

「ばかぁ……」

悔し紛れにそう呟くと、雪斗があきれ顔で文乃の顔を覗き込んだ。

「いい加減認めたらどうですか。僕以外の男に触られたことなどないって。そうすれば優しくしてあげます。あなたを虐めたいわけじゃないんですから」

どうやら認めるまでは解放してもらえないらしい。もうこれ以上恥ずかしい思いをしたくない文乃は、渋々口を開いた。

「み、認める……認めるから、もう、しないで……」

あきれ顔だった雪斗の唇がふっと緩み、えもいわれぬ嬉しそうな顔になる。優しく文乃の額に唇を押しつけ頭を抱き寄せると、雪斗は溜息交じりに呟いた。

「それにしても、泣いている文乃さんの顔はいけませんね」

「……な、泣き顔がブスだって言いたいんでしょ。泣いてる顔が綺麗なんて、女優さんの嘘《うそ》泣きぐらいなんだから」

プウッと頬を膨らませると、雪斗は苦笑しながら起き上がり、文乃の汗と涙で濡れたシャツが気持ち悪くなったのか、うっとうしそうにそれを脱ぎ捨てた。

「違いますよ。可愛すぎてもっと泣かせてみたいというか。嗜虐心《しぎゃくしん》を煽ってひどいことをしてしまいそうなので、あまり泣かないでくださいね」

そう言いながら続けてストレッチパンツと下着を脱いでいく雪斗に、シーツの上で脱力していた文乃は、ギョッとして身体を起こしかけた。

「……雪斗さん？　どうして洋服を脱いでるのか、聞いてもいい？」

そう尋ねて見たものの、返事を聞くのが怖い。文乃の望む答えが返ってくるとは到底思えなかったからだ。

そして予想を裏切らない雪斗は、文乃を見おろして艶めかしく微笑んだ。

「まだこの続きがあるってことですよ」

雪斗はそう言うと、素早く文乃の上に覆い被さってしまった。

「うそ、ちゃんと認めたのに。もうやめてくれるって言ったじゃない」

「わかりやすく言うと、僕ももう途中でやめられないところまできてしまったんですよ」

太股に硬く熱を持った塊を押し付けられる。

「……っ！」

「想像以上にいやらしい文乃さんに、不覚にも煽られてしまったようです。ちゃんと避妊はしますから安心してください」

そんなことを言われたって安心できるはずがない。

「やだ、だめ！　しないで……っ」

太股に擦り付けられる雪斗の熱棒が怖くて、必死で身を捩る。

「そんなに嫌がらなくてもいいじゃないですか。傷つきますね。それに文乃さんだってあんなに感じていたんですから、まだ胎内は物足りないんじゃないですか？」

雪斗の言う通りで、さっき指でイカされたばかりだというのに、お腹の奥の方ではまだ熱が溜まっていて、甘い痺れのようなもどかしさを訴えている。

さっきだって身体が熱くなって、自分でもわけがわからなくなってしまったのだ。これ以上そんな姿を見られたくない。

「だって……これ以上気持ち良くなったら……おかしくなっちゃう……」

雪斗がそれで諦めてくれるとは到底思えないが、文乃は必死で首を横に振った。

それにどうしてこんな恥ずかしいことを口にしているのだろう。裸で男の下に組み敷かれて口にするには刺激的な言葉だ。

雪斗もそう思ったのだろう、唇に浮かんだ笑みは文乃をあざ笑っているようにも見えた。

「やっぱり文乃さんは恋愛に関してはお子様ですね。この場合、男はおかしくなって欲しいんですよ。というわけで、僕も限界なので続行させていただきます」

雪斗は文乃の足の間に強引に身体を割りこませると、先ほど感じた硬い欲望を、すっかり蕩けていた文乃の淫唇に擦りつけた。

「ひ、ん……っ」

それは先ほど太股に触れたときよりも硬く、大きく感じられる。文乃の体温よりも雪斗のそれは高くて、擦れ合う刺激に白い腰がビクンと大きくはね上がる。文乃だって子どもではないのだから、これがなにかも、そして雪斗がなにをしようとしているのかもわかった。

「や、ホントにダメ……っ」

言葉とは裏腹に、達したばかりで柔らかくほぐれた蜜口は雄の尖端を押し付けられたとたん、それをするりと受け入れた。

「力を抜いてください。ほら……もう入りそうですよ」

「や、や、やだぁ……」

初めては痛い。そんな知識だけは持っていた文乃は、ぬるりとした尖端の感触に、ホッとして強張っていた身体の力を抜く。聞いていたほどの痛みは感じなかったからだ。

ところが指で広げられていた入口を雄芯が通り過ぎ、さらに奥に侵入してきたとたん、内壁をひき裂くような痛みが貫いた。

「え……や、あ……あぁ……ッ」

初めて感じる強い痛みに、声が掠れてしまう。なんとか痛みから解放されようと足がシーツを蹴るけれど、それよりも雪斗が腰を引き寄せる力の方が強くて、文乃は痛みから自然に背を仰け反らせた。

「いた……や……ぁ……っ」

「あと……少しだけ我慢して……」

初めて聞く雪斗の苦しそうな声にドキリとして、文乃は無意識に雪斗の首筋にしがみついていた。

ぐぐっとさらに熱塊を押し込まれて、ギュッと閉じていた眼裏にチカチカと星のようなものが飛び散る。

「も、やだぁ……これ、抜いて……」

子どもの頃、みんなのあとを追いかけてベソをかいていたときのように甘えた声をあげてしまう。苦しくてどうしようもないのに、なぜか文乃の中で欠けていたなにかが埋まったような不思議な感覚だった。

「……大丈夫ですか？」

顔や耳朶に雪斗の息が触れるだけで背筋が震えてしまい、イヤイヤと首を振る。

耳元で吐かれた息が火傷しそうに熱い。そういえば雪斗は熱があったはずなのに、大丈夫なのかという思いが一瞬だけよぎったが、今は文乃自身も微熱のような熱さを感じていた。

こうして抱き合っていると、ふたりが同じ体温になっていくみたいだ。

少しずつ雪斗に抱かれていることが心地よく思えてくることが嫌で、文乃は悪態を口にした。

「ばか……キラ、イ……離れて、てば……っ」

文乃のそんな言葉を耳にしても機嫌を損ねる様子もなく、雪斗は耳朶だけでなく頬や瞼、鼻先と愛おしげに口づけてくる。

「もうこれで文乃さんは、僕以外と付き合うことは出来ませんからね？」

念を押すように囁かれた言葉には愛おしさが溢れていて、不覚にも胸がキュンとしてしまう。

唇に優しくキスをしてきたけれど、文乃はそれを拒むことができなかった。

「ん……」

甘噛《あまが》みをするように唇を吸いあげられ、歯列を柔らかな舌がそっとなぞる。雪斗にされた中で一番甘い、蕩けてしまいそうなキスに文乃も自分から舌を擦りつけた。

「は……んぅ……」

熱くてぬるつく舌の感触にくらくらと眩暈がしてきて、次第になにも考えられなくなっていく。触れている場所から溶け合ってしまうような不思議な感覚だった。

「文乃さん……名前を呼んでいただけませんか?」

キスの合間に、雪斗が掠れた声で呟いた。

「……え?」

泣いたせいで重たくなった瞼をあげると、雪斗の切れ長の瞳とぶつかった。

「名前を呼んでいるときだけは、文乃さんの唇は僕のものでしょう?」

今だって十分雪斗のものだ。こんなにたっぷりと口づけられて、そこはすっかり赤く腫れ上がっているのだから。

「文乃さん」

切なげに掠れた声に、文乃はなんのためらいもなく自然に名前を口にしていた。

「……雪斗さん」

何度も呼んだことのある名前なのに、かぁっと頭に血が上るのを感じる。まるで身体だけじゃなく、心まで裸にされてしまったみたいだ。

ただ名前を口にしただけなのに、自分の奥にある大切なものを差しだしたときのような心許なさを感じてしまう。

「……もぉ、見ないで……っ」

雪斗は赤い顔をプイッと背けた文乃を満足げに見おろすと、ほんの少し身体を起こした。かすかな痛みに深いところで繋《つな》がったままなのを思いだしたが、キスをしているうちに最初の痛みは和らいでいた。

「文乃さん、好きです」

「……っ」

この言葉は雪斗の口から何度も耳にしているはずなのに、なぜか胸が苦しくなる。たくさんの想いが詰まっているのを感じて上手く息ができない。

文乃は思わず自分も〝好き〟という言葉を口にしそうになったことに驚いて、慌ててそれを飲み込んだ。

さっき名前を呼んだときにも感じたものが〝好き〟だとして、こうして雪斗に抱かれて雰囲気に流されてしまっているのか、それとも本当にそう感じたのかがわからなかったからだ。

好きかどうかもわからない男性に、半ば押し切られたとはいえ身体を許してしまったことも文乃の気持ちを揺さぶる。

このままなし崩しに結婚をすることになったら、今まで頑張ってきた自分はどうなってしまうのだろうと思うと、急に怖くなった。

文乃がそんなことを考えているのを知らない雪斗は、嬉しそうに文乃の唇に音を立てて口づける。文乃は目の前の男の顔をまじまじと見上げた。

「文乃さん、少しだけ動くので、痛くて我慢できなくなったら言ってくださいね」

気づかうような言葉に、文乃はわけもわからず頷いた。

雪斗はもう一度キスをすると、身体を起こし文乃の太股に手を添えた。

グッと足が持ち上げられるのと同時に、深いところに納まっていた雄芯が一気に引き抜かれる。

「ひぁっン！」

いきなり濡れ襞を硬い雄に擦られて、文乃の唇から嬌声が漏れた。

「や……まっ、て……」

動く、の意味を理解した文乃がそう言い終える前に、再び熱が胎内に押し戻される。お腹の奥まで痺れてしまうような強い刺激に、高い声をあげてしまう。

「やぁン！」

「可愛い声ですね。もっと聞かせてください」

深く挿入されたまま腰を押し回されて、ゴッゴッと雄芯の尖端が最奥に押し付けられる。さっきまでは痛みを感じていたはずなのに、今は甘い愉悦を感じて抱えられた足がガクガクと震えてしまう。

「まだ胎内が狭いですが、文乃さんはこうやって広げられる方が感じますか？　それとも」

雪斗は硬く膨れあがった肉竿《にくさお》を乱暴に引き抜く。

「こうやって擦られる方が好きですか？　文乃さんが好きなことをしてあげますから、教えてください」

初めて男性と抱き合うというのに答えられるはずがない。雪斗が動くたびにどうしてこんなにも膣洞《ちつどう》が震えて、身体が大きく跳ねてしまうのかもわからないのだから。

「や……も、動いちゃ……あぁ……っ」

ふたりの間から響くグチュグチュという水音に、耳を塞いでしまいたくなる。

「ほら、また胎内がきつくなりましたよ。これがいいんですか？」

引き抜かれた肉棒で浅いところを何度も擦られて、卑猥《ひわい》な水音とともに蜜が掻き出される。

「あっ、あっ、あぁ……っ！」

「どこを突いてもいい声を出しますね。感じやすいんでしょうか」

その声は揶揄《やゆ》するようにも聞こえて、余裕のある雪斗の声が憎らしく思えてしまう。

「ば、ばかぁ……っ」

「僕がこんなふうになるのは文乃さんの前だけです。覚えておいて」

雪斗は太股に手をかけ大きく足を広げさせると、二、三度浅いところを擦って、再び雄芯を文乃の奥深くまで沈めてしまった。

「ひぅ……あぁ……っ！」

最奥までねじ込まれた雄の刺激に頭の中が真っ白になる。

「初めてなのにこんなに濡らして……僕の文乃さんがこんないやらしいなんて、どれだけ嬉しいかわかりますか」

「いや、変なこと……言わないで……っ」

「本当のことでしょう？　こうやって胎内を突くたびに、まるで絡みつくみたいに僕を締めつけてくるじゃないですか」

「ち、ちが……へ、変態……ひぁっ」

そう訴える間にも肉竿が大きく引き抜かれて、さらに奥深くを貫くように押し戻される。

「あ、あ、あぁっ……これ、や……ン……」

お腹の奥がジンジンと痺れて、さっき指でイカされたときのように足がブルブルと震えはじめる。

「ああ、胎内が震えてますね。せっかくなので文乃さんがイクときの顔が見たいです」

「やっ、ばかっ……あぁ……抜い、て……っ」

さっき好きだと言われたときは不覚にもキュンとしてしまったが、やっぱりこの男は変態だ。その証拠に、文乃が罵れば罵るほど嬉しそうな顔をするのだから。

「恥ずかしがらなくていいですよ。僕しか見ていないんですから」

喘ぐ文乃を見おろす雪斗の表情は、恍惚《こうこつ》としているようにも見える。

一番見られたくない人にそう言われて、恥ずかしくてたまらない。

「や……変態っ……みな……で……」

両手で顔を隠そうとしたけれど強い力で頭の上に押さえ付けられてしまう。

「さあ、どうぞ。いっぱい感じて僕の視覚を満足させてください。もうずっと文乃さんを抱きたいのを我慢していたんですから」

雪斗はそう言うと、腕を押さえていない方の手で片足を抱え上げ、激しく腰を動かしはじめた。

　さっきまで文乃の感じやすい場所を探るように抽挿していたときより、性急に快感に押し上げられるような動きに、すでに感じやすくなっていた膣洞が震える。

　最奥を突かれるたびに嬌声を漏らすと、雪斗の唇にはひどく愉しげな笑みが浮かぶ。

「あっ……や、あぁ……だめぇ……ッ……」

　雪斗を喜ばせたくないのに、雄芯の刺激に身体が高ぶっていくのを止めることができない。

　熱く濡れた膣洞が、熱が逃げていくことを拒むように雄芯を強く締めつける。すると押さえ付けられていた腕が解放されたかと思うと、もう一方の足も持ち上げられ、太股が胸に触れるほど深く身体を折りたたまれる。

「いやぁ……も、やめ……あぁっ……」

　さらに深くなった繋がりに、文乃は甘く掠れた声をあげた。

「カワイイ……文乃さん、好きです……」

　雪斗の上擦った声を聞いた瞬間胸がギュッと締めつけられて、身体もそれを追うように一際強く雄芯を締めつけた。

「あ、あ、あぁぁ……ッ……」

　文乃がガクガクと身体を震わせると、雪斗は一際深いところまで肉竿をねじ込み、身体の奥底で雄を震わせた。雪斗の脈動を感じた文乃は、そのまま彼の身体の下で力尽きた。

「は……ぁ……はぁ……」

何度も熱を穿《うが》ち満足した雪斗に抱き寄せられた時には、文乃は憎まれ口を叩《たた》く気力も残っていなかった。

悔しいことに嫌だといいながらもしっかり快感を味わってしまい、それはいくら口で否定しても、文乃を抱いた雪斗にはお見通しだろう。

それでもせめてもの抵抗で雪斗に背を向けていると、背後から広い胸の中に抱き寄せられた。

「さあ、これで文乃さんは僕の恋人ですよ」

雪斗の満足げな声がして、耳朶にチュッと唇を押し付けられた。

「……」

恋人という言葉に急に現実が迫ってきた気がして、文乃は背を向けたまま唇を噛む。

いつもならすぐに言い返す文乃がいつまでたっても黙り込んでいると、雪斗が片肘を突いて身を起こし、文乃の顔を覗き込んだ。

「文乃さん?」

「……わたし、前にも言ったけど、パパに認めてもらうまで男の人とお付き合いするとかそういうのは……」

雪斗の気持ちは十分わかったし、かなり変態なところに目をつぶれば、これだけ好きだと言ってくれるのだから、普通に考えれば恋人としては申し分ない。

でもちょっと前まで天敵として嫌っていた男を、すぐに恋人と認めるのには抵抗があったし、両親に雪斗と恋人になったと知られたら、次に来るのは結婚だ。

するとと雪斗が文乃の頭の中を覗いていたかのように言った。

「知っています。結婚のことを考えたくないんですよね」

その通りなので、文乃は雪斗の腕の中でこっくりと頷いた。

雪斗はもう三十歳目前だし、将来のことを考えたら結婚を前提に真剣に付き合える人がいいに決まっている。

ちゃんと納得してくれたら、文乃のことは諦めてくれるかもしれない。

「いいですよ、それで」

「……は？」

「僕がなりたかったのは文乃さんの恋人ですから、結婚という形には拘りません」

「……」

「文乃さん、僕とセックスをしてみてどうでした？　嫌な気持ちにはならなかったでしょう？」

嫌な気持ちどころか、むしろこんなに気持ちがいいものなのかとびっくりした。

「身体の相性はいい方だと思いますし、お互い恋人の部分だけ楽しめばいいじゃないですか。文乃さんが話す気になるまでは社長にも黙っておけば、結婚について騒がれないでしょうし」

「……そんなもの？」

「大人なんてそんなものです。もうちょっと軽く考えればいいんですよ」

あまりにあっさりと言われて、拍子抜けしてしまう。付き合うとなれば、両親に交際の挨拶をするとか、もっと面倒くさいものがあると思っていたのだ。

考えて見れば世の中の男女交際は、簡単にくっついたり別れたりする。少し考えればわかることだが、交際＝結婚になることを恐れていた文乃は、雪斗にそう言われるまでまったく気づかなかった。

素直にそう口にすると、雪斗は子どもをあやすように文乃の髪を撫でた。

「やっぱり文乃さんは箱入りですね」

その口調は満足げで、文乃が勘違いしていたことを喜んでいるように見える。

文乃はその表情の裏になにか隠されているような気がして、男にしては綺麗すぎる顔を窺《うかが》った。

「……」

「なにか疑っている顔ですね？　僕が文乃さんを好きな気持ちがまだ信じられませんか？」

物問いたげな視線がわかりやすかったのか、雪斗が笑みを浮かべた唇を文乃の額に押しつけた。

「ほら、せっかく恋人になれたんですから文乃さんも少しは嬉しそうにしてください」

「だって……なんかなし崩しっていうか……雪斗さんに都合よすぎるっていうか」

それに自分はまだ恋人になる約束なんてしていない。文乃は上目遣いで雪斗を見つめた。

「バレましたか？　文乃さんが初心なのでこのまま男女交際とはこういうものだと押し切ろうと思ったんですが」

雪斗は悪びれた顔もせずあっさりと言った。

「わかるに決まってるでしょ」

なにか隠しているように見えたのはこのせいだったのだ。

「騙《だま》すみたいなことやめて。雪斗さん強引すぎ」

「強引にしたくなるぐらい文乃さんのことが好きだったんです」

真摯な眼差しで目の中を覗き込まれて、頬が熱い。

「……ば、馬鹿……」

冷たく言い返したいのに、その声には照れが滲んでしまう。

「真っ赤ですよ」

「う、うるさいな！」

そう言い返す声も上擦ってしまい、動揺しているのはバレバレだろう。

雪斗は薄く形のいい唇に甘やかな笑みを浮かべると、文乃の唇をキスで塞ぐ。

「んっ」

軽く押しつけられただけなのに、快感を知ってしまった身体はそれだけでも震えてしまう。

「では、あなたを罠《わな》にはめたお詫《わ》びに、もっと気持ち良くさせてください」

「え⁉　やだ……っ」

二回もイカされたからなのか、身体がだるくてたまらないのだ。これ以上されたら、自分の部屋までの距離ですら歩けなくなりそうだ。

「文乃さんがうんと言ってくれるまでしっかりご奉仕させていただきます」

易々と文乃を組み敷いた雪斗は、ゾクリとするような淫靡《いんび》な笑みを浮かべた。

6　恋人候補は上司

押し切られたというかなし崩しというか、強引に雪斗に抱かれてしまったが〝イジワルな雪くん〟と付き合うとなるとまだ抵抗があった。

「わ、わたしは付き合うなんて言ってないからね！」

何度もそう念押ししたが、雪斗にはあまり通じていないように見えた。

男性と交際しないと宣言した身で身体の関係を持ってしまったことも甚だ不本意なのに、相手が天敵だった雪斗というのもいただけない。

しかし何事もなかったように振る舞うことも、文乃にはできなかった。

今時そんなことを言うと笑われるかもしれないが、一夜限りと簡単に割り切ることはできない。ましてや雪斗の実家とは家族ぐるみの付き合いだし、自分がいないところで余計なことを吹聴されては困る。

では雪斗が好きかというと、よくわからない。

雪斗に抱かれたことで幼馴染《おさなな じ》みのイジワルな雪くんが、雪斗というひとりの男性になった自覚はあるけれど、これが恋愛感情なのかと言われると首をかしげてしまう。

恥ずかしながら雪斗との行為は悪くなくて、初めてだったが気持ちいいと感じたのは認める。でもそのせいで雪斗と自分が特別な関係だと錯覚しているような気もするのだ。

あのときは一瞬〝好き〟と口にしそうになったが、結局心ではなく身体の快感に惹《ひ》かれているのかもしれないと思うと恥ずかしいし、なにより今の雪斗のことをよく知らないのも不安だった。

そもそも、あれだけ〝キモい〟〝変態〟と罵られても嫌な顔ひとつしないのは、本人にその自覚があるからで、罵られることも楽しんでいる節がある。しかしそれを尋ねたら嬉々《きき》としてこだわりを語られそうなのであえて聞かないことに決めた。

文乃がすぐ隣を歩く男の顔を見上げてそんなことを考えていると、その相手が視線に気づきニッコリと微笑んだ。

「そんなに熱い視線で見つめるなんて、朝から僕を誘っているんですか？」

相変わらず斜め上のキモ発言に、文乃はプイッと顔を背け小さな声で囁《ささや》いた。

「そういう発言キモいって言ってるでしょ！　雪斗さん、そろそろ離れて」

地下鉄の改札を出たら離れて歩く約束だったのに、いつまでも寄り添ってくるのが気になっただけだ。

ピーチドラッグ本社の社員は大抵この地下鉄の駅か、徒歩で十分ほど離れたＪＲの駅を利用しているから、同僚と遭遇する確率が高い。

当然面識のない他部署だけでなく、同じ営業部の人間と一緒になることもあるし、ふたりの関係を公にしたくないから、過度の接触は避けたいというのが文乃の言い分だった。

　雪斗はいいかもしれないが、こちらはまだ入社して数ヶ月だし、結果を出せるほどの仕事もしていない新人なのだ。

　万が一美里たちに雪斗と付き合っていると誤解されたら、なにを言われるかも怖い。社内での雪斗は変態な部分を出していないため、結婚の優良物件だと思われている。

　そんな人と新人の自分が付き合っているとなったら、普通は仕事も出来ない新人のくせにと言われるのがオチだろう。

　せっかく先輩たちと良好な関係が出来ているのに、そんなことで気まずい関係になりたくない。雪斗にそう告げると、彼はがっかりしたように溜息《ためいき》をついた。

「僕たちの関係をそんなことで片付けられるのは悲しいですが、文乃さんの仕事に差し支えるというのなら仕方ありませんね。そのかわり僕とふたりの時は、全力でイチャイチャしましょうね」

「……」

　相変わらずキモ発言だったけれど、とりあえずは秘密を守るという約束は取り付けた。

　その代わり通勤は一緒がいいとごねる雪斗に譲歩して、会社の最寄り駅までと念押しして出てきたのだが、いつまで経っても離れる気配がない。苛立った文乃がもう一度口を開こうとしたときだった。

「主任、おはようございます！」

聞きなれた女性の声に、改札を出たばかりの文乃は飛び上がって雪斗の影に隠れた。

「内山さん、おはよう」

雪斗は慌てる様子もなく、いつものように仕事用の爽やかな笑顔で声の主を振り返ったが、文乃はいきなり同じ部の先輩に遭遇してしまったことに気が気ではない。

「あ！　花井さんも一緒だ。おはよ～」

美里は雪斗の後ろに隠れていた文乃をめざとく見つけ手を振った。

「お、おはようございます！　あのっ、主任とは、い、今そこで……ば、ばった、ばったり……っ」

しどろもどろにいいわけを口にすると、美里は首を傾げ、雪斗はその横で噴き出した。だから一緒に通勤したくなかったのだ。

「どうしたの？　朝からテンション高いけど」

「いえ、あの、主任と一緒になるのって珍しいなってびっくりしちゃって」

文乃の苦し紛れの言葉に美里も頷《うなず》いた。

「そうだよね。主任、今日はいつもより遅くないですか？」

「うん。ちょっと家を出るのが遅くなったんだ。内山さんはいつもこの電車なの？」

「大体この時間ですけど、花井さんに会ったのも初めてだよね。どこに住んでるんだっけ？」

「ええと……」

美里は雪斗が住んでいる場所を知っているのだろうか。同じ最寄り駅だと知られるのはまずい気がする。文乃が答えに躊躇《ちゅうちょ》していると、雪斗が代わりに口を開いた。

「世田谷の方だったっけ？　ご両親と一緒に住んでるんだよね」

「えっ？」

「この間の面談で言ってただろ。実家から通ってるって」

苦笑を浮かべて見つめられ、文乃は慌てて頷いた。

「あ！　そ、そうなんです！　先輩はどちらなんですか？」

「私は練馬。一人暮らしなの。やっぱり実家っていいよね～。家賃もかからないし」

実は一人暮らしだが家賃はかからないから、やはり普通の一人暮らしよりは楽なのだろう。

「ご実家はどちらなんですか？」

「北海道だよ。大学で東京に出てきてそのまま就職したの……って、私コンビニに寄らないとだったわ。主任、どうぞ花井さんと先に行ってください」

美里は雪斗にそう言うと、向かい側にあるコンビニエンスストアの方に歩いて行った。

「はぁ……」

なんとか誤魔化せたことにホッとした文乃のすぐそばで、雪斗がクスクスと笑う。

「そんなに慌てなくても大丈夫ですよ。駅で一緒になる上司と部下なんていくらでもいるでしょう？」

「そうだけど」

もうふたりきりの時に使う丁寧な言葉遣いに戻っていて、まったく動じていないのがなんとなく腹立たしい。こちらは今日から始まる生活にひやひやしているというのに、雪斗が楽しそうなのにもイライラさせられる。

「それに内山さんなら、同じマンションに住んでるって言ったとしても、冗談だって笑い飛ばしそうですけど」

「とにかく、わたしたちの関係は内緒！　大体まだ付き合ってもいないんですからね！　仕事も出来ない新人の彼氏が直属の上司なんてあり得ないから！」

「文乃さんの彼氏……いい響きですね」

うっとりと目を細めるその顔は、変態バージョンの雪斗だ。これ以上一緒にいたら、また他の人に声をかけられるかもしれない。

「わたし、先に行くからね」

「あ、待ってください」

そう言いながら雪斗がビジネスバッグの中からピンク色の小さな手提げを取り出した。

「どうぞ」

「……なに？」

文乃が訝《いぶか》りつつも手提げを受けとると、雪斗は満面の笑みを浮かべた。

「お弁当ですよ。僕の部屋で美味しいおかゆを作ってくれたお礼です」

〝僕の部屋〟という言葉に、自然と雪斗の部屋で過ごした時間を思い出してしまい頬が熱くなる。

「……」

「文乃さん、お昼は社食とコンビニ弁当ばかりでしょう？　誰かに聞かれたらお母さんが作ってくれたって言えばいいですよ。それに僕は外回りだからお弁当は持ってきていませんので、同じおかずでバレることもありません。そんな軽率なことはしませんから安心してください」

相変わらず隙のない雪斗の言葉に、文乃は素直にこっくりと頷いた。

「……ありがと」

「どういたしまして。彼氏としては当然です」

「彼氏じゃないから！」

別に料理は女性がするものとは思っていないけれど、なんとなく立場が逆のような気もする。

「今夜はなにか食べたいものはありますか？　行きたいお店があるのなら予約しますし、食べたいものがあるのなら作りますよ」

「雪斗さんって……」

――ママみたい。お弁当から夕食の心配までするあまりの甲斐甲斐しさに思わずポロリと本音が零れそうになり、慌てて口を噤《つぐ》んだ。

そんなことを口にしたら、怒るどころか喜んでさらに世話を焼いてきそうだ。一瞬でそれを判断できるぐらいには雪斗の性格を理解してきているらしい。

「なんですか？」

「ううん、なんでもない。今日はひとりで帰るから」

「心配しなくても、僕も今日は定時で上がれますからお待たせしませんよ」

「そうじゃなくて」

金曜の夜からずっと一緒にいて、昨日の夜出勤の準備をしたいと言って、やっと部屋に帰らせてもらうまでずっと雪斗と過ごしたのだ。ちょっとひとりになって落ち着いて色々考えたい。

週末の展開があまりにも早すぎたことを思いだしていたら昨夜はあまり眠れなかったし、会社でも顔をあわせるのだから、雪斗と離れる時間が欲しいと言ったら怒るだろうか。

「き、今日は実家に……」

「ああ、ご両親に僕と付き合うことを報告することにしたんですね？　でしたら僕も一緒に」

「違います！　ママに、週に一度は家に顔を出せって言われてるの！　本当は土日で帰ることが多いけど、雪斗さんと一緒だったから」

再び週末ベッドでされたあれやこれやを思い出すと、恥ずかしさがこみ上げてくる。

「なるほど。承知しました。では遅くなるならタクシーを使うか連絡をくださいね。迎えに行きますから」

　やっぱり雪斗は彼氏と言うより保護者の方が向いているという言葉が喉まで出かかり、文乃はそれを必死で呑《の》み込んだ。

「大丈夫だよ。頼まなくても夜遅くなったらママが絶対にタクシー呼ぶし、その前に泊まっていけってうるさいんだから」

「そうですね。おば様は少々過保護なところがありますから」

「雪斗さんだって負けてないと思うけど」

　とうとう本音を言ってしまったけれど、これぐらいならかまわないだろう。ところが雪斗は今日一番の不機嫌な顔で眉を寄せた。

「過保護だなんて、心外ですね」

「だってそうじゃない。食事の心配とか帰りの心配とか、わたしだっていい大人なのに」

「僕の場合は文乃さんのすべてを把握していたいと思っている、恋人としての独占欲です」

　どや顔で言い切られても、納得できない。雪斗の場合独占欲なんて可愛いレベルではなく、支配とか束縛に近いレベルだ。

「大体、本当にわたしと付き合う気なの？」

　雪斗の台詞は文乃が漫画や小説で読んだことのある恋愛とは違っていて、芝居がかっているようなことをすらすらと口にする。どうも遊ばれているような気がしてならないのだ。

　すると雪斗はさらに不快感をあらわにして、少し険しい視線で文乃を見おろした。

「当たり前でしょう。誠実な文乃さんには、僕も誠実に答えたいと思っています」

「わたしが誠実って……どの辺が？」

「やり逃げすることもできたのに責任を取ってお付き合いを検討してくれているんですから、文乃さんはとても誠実だと思います」

「や、やり逃げって……！」

自分で口にしてからギョッとしてしまい、慌てて手で唇を覆った。それこそ男女が逆だ。

「じゃ、じゃあやっぱり付き合うのやめる！　わたしに責任なんてないし！」

そもそも雪斗が手を出さなければこういうことにはならなかったのだ。

「今さらなに子どもみたいなこと言ってるんですか。僕は文乃さんの初カレおよび最後の男になることに全力を尽くすつもりですから、諦めませんよ」

「クーリングオフがあるじゃない！」

「まったく、物じゃないんですからそんなことできるわけがないでしょう。さ、ここで別れましょう」

「え？」

雪斗の言葉に視線をあげると、いつの間にか会社の前だった。目の前でピーチドラッグの社員が続々とビルの中に吸い込まれていく様子に、文乃は今までの会話が誰かに聞かれていなかったのか心配になった。

「そんなに神経質にならなくても大丈夫ですよ。逆にわざと僕を避けるような態度をする方が不審に思われます。文乃さんはそういうことが苦手そうなので、気をつけてくださいね」

雪斗はそう言うと、立ち止まる文乃を残して、先にビルの中へと入っていってしまった。

＊＊＊　＊＊＊　＊＊＊

仕事終わりに実家に帰った文乃は母の姿子と家政婦の順子《じゅんこ》からの大歓迎を受けた。

「どうせなら昨日帰ってくればパパもいたのよ。さっき文乃ちゃんが帰ってくるって電話したら、どうしてもはずせない会食があるって言われちゃったわ。パパ、文乃ちゃんの顔を見られなくて残念がっていたわよ」

「いいの。パパには会おうと思えばいつでも会えるもん。今日はママの顔を見に寄っただけだから」

「よかったですね、奥様。お嬢様が週末にお帰りにならなくて、寂しがっていらっしゃいましたもの」

ダイニングテーブルの上に料理を並べていた順子が言った。

順子は文乃が小学生の頃から住み込みで働いてくれている人で、昼間はもうひとり通いの家政婦さんがいるけれど、順子が一番の古株だ。

文乃を娘のように可愛がってくれていて、食べ物の好き嫌いから交友関係まで、もしかしたら実の母よりも詳しいかもしれない。

「順子さんったら。ほとんど毎週顔を出してるのに、大袈裟《おおげさ》だよ。それにわたし、順子さんにも会いたかったよ。一人暮らしになってからなるべく自炊するようにしてるけど、やっぱり毎日順子さんのお料理が恋しくてさ」

「あら、嬉《うれ》しいことおっしゃいますね。それなら毎日食べに帰ってきてくださってもいいんですよ。お嬢様の大好きなものを作ってお待ちしていますから」

「うーん。それはかなり惹かれるかも」

文乃は目の前に並んだお皿から好物の卵焼きをひとつつまみ口の中に放り込んだ。

白だしがたっぷり入った、ふわふわの卵焼きだ。高校生の頃はせがんで毎日お弁当に入れてもらったものだ。

「こら！　お行儀が悪いですよ！　ちゃんとお箸を使ってください」

順子が大げさに眉を上げる。文乃はモグモグと卵焼きを咀嚼《そしゃく》しながらニッコリと笑いかけた。

「ん。美味しい～」

「本当にちゃんと自炊してらっしゃるんですか？　お料理はともかくお掃除はほとんどお教えしていませんし」

「じゃあ今度ふたりで文乃ちゃんの部屋を抜き打ちでチェックしに行きましょうか？」

「いいですね」

嬉々として明日にでもマンションを訪れそうな二人の勢いに、文乃は慌てて首を横に振った。

「やめてよ、わたしなりに頑張ってるし、子どもじゃないんだから。収拾がつかなくなったら、ちゃんと順子さんにSOS出すから、そしたら助けてよ」

「はいはい」

ほぼ毎週こんなやりとりをくり返しているが、面倒くさいと思う反面ホッとしてしまう部分もある。家族は同僚や友人のように好き嫌いや損得で態度を変えたりなどしない。無条件でこうして安らげる場所を与えてくれ、いつでも帰る場所があると思うと安心できる。

「一人暮らしが大変になったらいつでも戻って来ていいのよ？　あのマンションは元々パパが投資で買ったものだから、誰かに貸すなり売ってもいいそうよ」

姿子の言葉に、文乃はお行儀悪く音を立てて箸をおいた。

「そうだ！　ママ、あのマンションのこと知ってたの？」

「知っていたって……なんのこと？」

普通の人が話すスピードの半分ぐらいの、おっとりした調子で姿子が言った。

「あそこのオーナーが雪斗さんの実家で、雪斗さんが住んでるってこと！」

「ああ、そのことね」

姿子がゆっくりと頷いた。

「当たり前じゃないの。だから安心してあなたがあのマンションに住むことに同意したんですもの」

「どうして教えてくれなかったのよ！　おかげでわたしは」

そこまで言い掛けて言いよどむ。雪斗とのあれこれは内緒にすると自分で決めたばかりだ。

それにもしそのことを姿子に知られたら、どういう経緯でそうなったのか根掘り葉掘り聞かれるに決まっている。というか、結婚まっしぐらだ。

「どうしたの？」

「お嬢様？」

二人揃《そろ》って首を傾げられ、文乃はとりあえずそれらしいいいわけを口にした。

「お、おかげで上司と同じマンションに住んでいるなんて先輩に言えなくて、実家から通ってるって嘘《うそ》つかなくちゃいけなくなったんだから」

「あら、だったら本当にうちから通えば嘘じゃなくなるでしょ」

「奥様のおっしゃるとおりです」

なんとか文乃を実家に留めたいふたりはそんなことを口にした。

「そうそう、雪斗くんといえば、この間玲香《れいか》さんに会ったわよ」

「……雪斗さんのお母様の玲香おば様？」

「そうよ。ほら、ママと玲香さん、お茶の先生が一緒でしょ。この間お弟子さんみんなでお食事会があってね、そのときに」

「ふーん」

文乃も高校生までは時折母と一緒にお稽古に通っていたが、大学に通い始め忙しくなり、すっかり足が遠のいてしまっている。それにああいう奥様方が集う場に行くと、若い文乃にかけられる言葉はいつも同じだ。

「文乃ちゃんもそろそろ結婚でしょって皆さんおっしゃって、文乃ちゃんさえよければ是非いい人をご紹介させてくださいって」

毎回のようにこうして誰彼かまわず結婚を勧めてくるのも、足が遠のく原因のひとつだ。

「よろしくないので断ってよね」

「やっぱり〜？　そう言うと思ったのよね。そのことを愚痴ったら玲香さん笑ってらして、こんなことなら飯坂家の誰かとさっさと結婚の約束でも取り付けておけばよかったわ〜って話になったのよ」

一瞬ぎくりとしたけれど、顔をしかめて誤魔化した。

「もう、おば様に変なこと言わなかったよね？　次に会うとき恥ずかしいじゃん」

どうしてみんな寄ると触るとそういう話になるのだろう。まあ文乃たちのような若い女性だって集まると恋愛の話になるのだから、女性とはそういうものかもしれない。

「はぁ」

文乃は姿子と順子が理想の結婚相手の話で盛り上がるのを聞きながら溜息をついた。

「文乃さん、おかえりなさい」

実家からの帰り、マンションの前でタクシーを降りたとたんそんな言葉が耳に飛び込んで来た。

「ゆ、雪斗さん？　どうしたの？」

Tシャツに黒のスキニーというラフなスタイルの雪斗がエントランスのスロープを足早に下りてくる。

「桃園家に電話をしたら、文乃さんはもうタクシーで家を出られたと伺ったので、時間を見計らって迎えに出たんですよ」

「そんなことしなくてよかったのに。だって、家の前までタクシーなんだよ？」

「それはそうですが、僕が一日の最後に文乃さんの顔を見たかったんです」

さらりとドキリとするようなことを言われて一瞬言葉を失ってしまう。不覚にも雪斗の言葉にキュンとしてしまったことに気づかれないよう、いつもよりさらにぞんざいな言葉で言い返してしまった。

「な、なにバカなこと言ってるのよ。顔なら朝からずっと見てたでしょっ」

なんとなく顔が熱くて、それを見られないように早足で雪斗の前を通り過ぎた。すぐに雪斗があとをついてくる気配がする。

「仕事中は、文乃さんが挙動不審にならないようにあまり見つめないよう努力していたので、文乃さん不足なんです」

「嘘」

今日の雪斗は外出予定がなく一日中社内にいたから、雪斗さえその気になれば文乃を見放題のはずで、その証拠に時折顔をあげると雪斗とよく視線がぶつかったから、変態活動は通常営業だったはずなのだ。

文乃は雪斗を無視して集合ポストを覗《のぞ》き、ダイレクトメールと一緒に入っていた宅配便の不在通知に目を留めた。化粧品をネットで注文してあったのだ。

「宅配ロッカーですか？」

「あ、うん」

「貸してください。僕が取ってきましょう。その荷物じゃ大変でしょう」

雪斗は文乃の手に握られていた大きな保冷バッグと紙袋を見て微笑んだ。

保冷バッグの中身は帰り際に順子が保存容器に詰めてくれた惣菜《そうざい》で、紙袋には姿子が買っておいてくれた文乃の好きなチョコレートやマカロンが詰め込まれている。

雪斗はロッカーから手早く荷物を取り出すと、エレベーターホールで待つ文乃のところへ戻って来た。

「ありがと」

荷物を受けとろうと手を伸ばした文乃に向かって、雪斗は首を横に振る。

「僕は手ぶらですから部屋まで運びます。そっちの荷物も貸してください」

紙袋まで引き受けられそうになり、それは遠慮した。

「これはいい。軽いもの」

「順子さん特製のお惣菜ですか？」

「うん。わたしが栄養失調にならないようにだって」

エレベーターに乗り込むと、雪斗は宅配の箱を軽く揺らした。

「これも軽いですね」

「化粧品だもの。ひとりでも大丈夫だったのに」

「僕が文乃さんを手伝いたくてやっているんですから、気にしないでください」

「……」

雪斗は恥ずかしげもなく、こちらがときめいてしまいそうなことをさらりと口にする。昔は意地悪ばかりされていたのに、急に女性として扱われるのはまだ違和感がある。もちろん子どものころ今のような台詞を口にしていたら、それはそれで気持ちが悪いが、今の雪斗は文乃の記憶に刻みつけられている雪斗とは別人と言ってもいい。

そもそもろくに男性と付き合ったことがないから普通の男性の基準がよくわからない。やっぱり一度ぐらい合コンに参加して、男性について勉強してみようかとまで思ってしまう。大学時代の友だちからの合コンの誘いを思い出しながらそんなことを考えた。

「……文乃さん？　降りないいんですか？」

「えっ⁉」

いつの間にかエレベーターの扉が開いていて、我に返った文乃は慌てて飛び降りた。

「あ」

荷物を持たせたままだったことを思いだして、振り返ると雪斗も一緒に降りてきて、そのまま家主である文乃よりも早く扉の前にたどり着いてしまった。

「鍵、開けてください」

「あ、え？　ストップ！　もういいから！」

雪斗が部屋の中まで入るつもりだと気づき急いで駆け寄ったけれど、ひょいっと身体をかわされて箱を高く掲げられてしまった。

「そんなに慌ててどうしたんですか？　部屋の中まで運びますよ」

「いいっ。もう大丈夫だから帰って！」

「遠慮するような仲じゃないでしょう」

唇の端をあげた雪斗は一見笑っているように見えたけれど、眼鏡の向こうの切れ長の目は笑っていない。

ここで部屋に入れたら、また週末のようになし崩しになってしまいそうな気がする。たった今落ち着いて考えてみようと思ったばかりなのだ。

「もういいから荷物渡して」

文乃は上目遣いで雪斗を睨《にら》みつけながら手を差しだした。

「その上目遣いで睨まれるの、ゾクゾクしますね」

「バカなこと言ってないで渡す！」

「もしかして……僕を部屋に入れたくないんですか？」

とっくに気づいているはずなのに、まるでたった今気づいたような口調なのが腹立たしい。

「当たり前でしょ！　わたしの部屋は男子禁制！　男の人は一度も入ったことないし」

「引っ越し屋さんが入ったじゃないですか、三人も」

「え？」

数ヶ月前の引っ越しを思い出す。確かに男性が三人に女性が三人のチームに荷物を部屋に入れてもらった。

「……どうして雪斗さんが引っ越し屋さんの人数なんて知ってるの？」

「文乃さんの引っ越しの時間はあらかじめ社長に伺っていましたから。大手業者の安心パックということだったので大丈夫だとは思ったのですが、念のため監視はさせてもらいました。社長に申し上げたら、是非頼むというお墨付きもいただきましたし」

「……」

最初からこの部屋に住むよう誘導されていたのだから、このマンションに住んでいる雪斗が文乃の様子を知っているのは仕方ないと諦めたが、そんなピンポイントで生活をチェックされていると思うと怖い。

「ね。だから彼氏である僕が入ってもなんの問題もないでしょう？」

なにが『ね』なのかわからない。文乃はどうしたら雪斗を阻止できるのかと必死で頭を働かせた。

「と、とにかくイヤなものはイヤなの！　まだ彼氏じゃないし‼　それに雪斗さん、わたしがお風呂とかトイレに入っている間にクローゼット開けたり、こっそり盗聴器仕掛けたりしそうだし」

さすがに盗聴器まで仕掛けられたらしかるべき場所に通報するレベルだが、この男なら絶対にやらないとは言い切れない。

「失礼な。確かに文乃さんのクローゼットの中は見てみたいですが、許可なくそんなことはしません。それよりクローゼットといえば」

雪斗は言葉を切って、今度は心から楽しそうに唇の端を吊《つ》り上げた。

「先日も言いましたけど下着のサイズがあっていないようなので、せっかくですし新しい下着をプレゼントさせていただきます。明日の帰りにでも銀座に寄って行きましょう」

「イヤッ！　ぜーーったいイヤ！　雪斗さんとランジェリーショップなんて！」

「どうしてですか？　一緒に試着室に入って、僕がちゃんとサイズを計ってあげますよ」

「だからどうしてそうなるのよ！」

やっぱり雪斗とは付き合えない。交際検討中の今ですらこうなのだから、本気で付き合うことになったら、こちらが嫌がるような行動を連発することが容易に想像できてしまう。

恋人というのはもっと優しくて、お互いを労り合うようなもので、こんな気疲れしてしまう関係ではないはずだ。

「とにかく絶対部屋には入れないから、帰って！　もうひとりになりたいんだってば‼」

「文乃さんは本当に頑固ですよね」

雪斗は仕方なさそうに肩を竦《すく》め、あからさまな溜息をついた。それはまるで子どもの我《わ》が儘《まま》に手を焼いている父親のようだった。

「では部屋に入れてもらえないのなら、お休みのキスで諦めてあげましょう」

「キ、キス⁉」

思わず大きな声を出した文乃の手から保冷バッグと紙袋が取り上げられ、雪斗はそれをそっと床に置いた。

「い、意味わかんない！　なんで上から目線なのよ！」

後ずさりしようにも後ろは扉で、背中がトン、と硬いものに押し付けられてしまう。雪斗は両手を文乃の顔の横につき、囲うように顔を覗き込んできた。

「ちょ、ちょっと！　やだッ！　離れて‼」

とっさに腕を伸ばして、文乃は迫ってくる雪斗の唇を手のひらで押さえ付けた。

「……なんのつもりです？」

眉間に皺《しわ》を寄せた雪斗が不機嫌も露わに呟いた。手のひらに接した雪斗の柔らかな唇が動いて、熱い息がかかる。

「キ、キスは嫌っていう意思表示！　雪斗さん、いつも凄いキスばっかりするんだもの。

だからしないっ！」

文乃が早口で言い返すと、手の中で雪斗がフッと笑う気配がした。

「どうして凄いキスが嫌なんですか？　楽しめばいいじゃないですか」

「雪斗さんとのキスはドキドキするし、なにも考えられなくなるし……とにかくイヤなの！」

もうどうしたらいいのかわからず涙が滲《にじ》んでくる。それでもなんとか雪斗の唇をおさえつけたまま睨みつけると、雪斗はがっくりと肩を落としなんとも悩ましげな溜息を漏らした。

「はぁ……なんですか、その超絶可愛いいいわけは。スマートフォンで録音したいので、もう一回言っていただけませんか？」

「……」

予想もしていなかった反応に頭の中が真っ白になる。

やっぱり雪斗は普通の人とは違う。というかこんな変態を彼氏にするなんてあり得ない、そう思ったときだった。

俯《うつむ》いていた雪斗が顔をあげる。下を向いたせいで前髪が顔にかかり、なんだかいつもより眼鏡の向こうの瞳が艶っぽく見えて、文乃の心臓が大きく跳ねた。

「なるほど。僕とのキスはドキドキするほどお気に召したようですね。文乃さんは初心者なのであまり激しくしないよう気をつけていたんですが、心配することはなかったみたいです。あれはほんの一部で、もっと凄いこともあるんですよ」

「もっと……?」

手加減していたというけれど、今までのキスだって十分凄くて、身体中が熱くなって溶けてしまうのではないかと思うほど濃厚なキスだった。

それなのに雪斗はもっと凄いキスがあるという。そんなキスをされたら自分はどうなってしまうのだろうと思うと、官能を味わう期待よりも恐ろしさの方が勝ってしまう。

文乃が無意識に身体を震わせると、雪斗が無防備になっていた手のひらをペロリと舐めた。

「ひぁっ!」

思わず手の力を緩めると、雪斗の手がそれを脇に降ろしてしまう。しまったと思ったときには雪斗の顔が近付いていて唇を塞がれていた。

「ん……ぅ」

すぐにぬるりと舌が押し込まれて口の中がいっぱいになる。逃げ出そうにも扉と腕に囲い込まれて身動きがとれなかった。

体温が上がった熱い口腔《こうこう》を舌で掻《か》き回され、敏感な舌をぬるぬると擦り合わされる。

「んぅ、は……んんっ……ぁ」

雪斗とのキスはじんわりと身体に広がっていき、中毒のようにもっと欲しくなる。まるで甘い毒でも飲まされているようだ。

時折熱い鼻息が頬に触れて、その熱さに肌がざわりと粟立《あわだ》ってしまう。

雪斗は文乃が抵抗できなくなるまでたっぷりと口づけてから、力尽きて自分の力で支えきれなくなった文乃の身体を抱きしめた。

「今日のキスはどうでしたか？　満足できないようならもう一回」

雪斗のとんでもない囁きに、文乃は慌てて身体を引き剝がし、よろけながらいつのまにか床に落ちていた鞄《かばん》に手を伸ばした。

するとおぼつかない手付きでカードキーを取り出す文乃を、雪斗が軽々と抱き上げてしまう。

「失礼します。鍵をお借りします」

雪斗は文乃を抱きあげたまま扉を開け、そのまま中へと運び込んだ。そして文乃を一旦床に降ろすと、廊下に放り出されていたカバンや荷物を持って戻って来た。

「とりあえずここに置きますね」

廊下の上がり端に荷物を置くと、雪斗は床に座り込む文乃の前に跪《ひざまず》いた。

「身体の具合は大丈夫ですか？　週末は無理をさせてしまいましたから、これでも心配していたんです」

そう言って大きな手で文乃の頭を撫《な》でる。

「では僕は帰りますから、僕が出ていったらちゃんと鍵をかけてくださいね。それからいつまでもそこに座っていると身体を冷やしますから、ちゃんと自分で歩いてお風呂に入ってから寝るんですよ」

雪斗はそう言うと立ち上がった。

「え？　入らないの？」

てっきり部屋の中に上がり込むものだと思っていた文乃は、ちょっと拍子抜けしてしまう。

「今日は本当に疲れているようなので、帰ります。でも文乃さんがどうしても一緒にいて欲しいというのならお風呂に入れてあげてもいいですよ」

唇にうっすら笑みが浮かぶのを見て、文乃は音がしそうな勢いでぶんぶんと首を振った。

「け、結構です！　荷物運んでくれてありがとう！」

萎えた足を励まして立ち上がると、雪斗を扉の外へと押し出し鍵を閉めた。

7　嫉妬とキス

「それでは、あとはよろしくお願いします」

「お願いします！」

雪斗に続いて文乃もぴょこんと頭を下げる。

「今日はわざわざありがとうございました。お疲れさまです」

二人に向かってそう頷《うなず》いたのは、ピーチドラッグの旗艦店、銀座ペッシュの店長だ。

最近のドラッグストアと言えば薬や日用品、化粧品だけではなく野菜や冷凍食品、お弁当を扱う店まであリコンビニエンスストアに近い存在だ。

銀座ペッシュはそんなたくさんあるチェーンとピーチドラッグの差別化を図るために立ち上げられた、幅広い年齢層の女性をターゲットにした美容を専門とする店舗だった。

旗艦店と言っても、銀座ペッシュがピーチドラッグであることを知らない人も少なくない。

扱っている商品はフロアごとに分かれていて一階は口紅やアイシャドーなど俗に色物とも呼ばれるポイントメイク商品、二階がスキンケアやファンデーション、三階はアロマやバスグッズ、四階にはカフェも併設されている。さらに上階には予約制のエステやメイクサロンもあり、銀座ペッシュに来れば、最新美容に触れることが出来るというスタイルで、他店とは一線を画していた。

銀座の中央通りという立地も素晴らしく、東京の街を訪れた観光客の注目度も高い店舗だ。

ちなみにペッシュはフランス語で桃のことを指しており、それが唯一ピーチドラッグであることの印でもあった。

今日は朝からその店で国内メーカーの新製品発表イベントが行われていて、文乃はそのメーカーの担当営業である雪斗のお供だった。

銀座ペッシュには研修でもプライベートでも何度かきたことがあったけれど、正式に仕事として訪れるのは初めてだった。すでに前日までに店舗スタッフやメーカーサイドでイベント設営は済んでいたので、新人の文乃にできることといえば雪斗の指示で営業部用に資料写真を撮影するぐらいだった。店舗にいたのはほんの数時間だったが、たくさんの人に紹介され名刺交換をして、情報で頭が飽和状態だ。

「花井さん、お疲れさまでした」

「お疲れさまです」

店を出たばかりの雪斗はまだ上司モードだ。店の周辺にはメーカーの人など関係者がいるから気を遣っているのだろう。

「今日撮影したデータは営業の共有資料用にフォルダを作ってアップしてくれるかな。それから今日イベントの運営について気づいたこと、改善点などを考えて今週中に提出。これは僕の社内メールでかまわないから」

「はい」

「じゃあ戻ろうか」

雪斗がそう言って文乃に微笑みかけた時だった。

「飯坂主任」

店の入り口から女性が手を振り、そのまま笑顔で駆け寄ってくる。首から下げている社員証はピーチドラッグのものだ。

「ああ、松村さん。お疲れ様です」

雪斗が口にした名前にドキリとして、文乃は改めて女性を見つめた。

彼女が美里たちの話していた、雪斗にご執心だという秘書課の女性だろう。

ふんわりとした花柄のシフォンワンピースに黒いジャケット、足元は営業部の女性がはかないピンヒール、そしてなにより雪斗に向けられた華やかな笑顔が魅力的で同性の文乃でも思わず目を引きつけられる。

「松村さんがここにいるってことは専務もいらしてるのかな?」

「ええ。今メーカー様の担当者とお話をしていらっしゃいます。飯坂主任をお見かけして、ついお声をかけてしまいました。実はちょっとご相談があって」

彼女はそう言うと、チラリとこちらに視線を流す。なんとなく邪魔だと言われた気がして、文乃は会釈をしてふたりから離れた。

父の秘書を見ていたからか、なんとなく秘書は美人だというイメージを勝手に持っていたが、松村もその例に漏れず人目を引く美女だ。

手入れの行き届いた長い髪を毛先だけカールさせ、メイク自体は決して派手ではないのだが、つやつやとした唇や綺麗《きれい》にひかれたアイライナーなど、女の文乃から見ても魅力的に見える。

男性なら松村のような女性に話しかけられて嬉《うれ》しくないはずがない。

松村が雪斗を気に入っているという噂《うわさ》だったが、本気で彼女にアプローチされたら、雪斗だってその気になるんじゃないだろうか。

自分のことを変態だのキモいだのと罵る女性より、優しく労ってくれる女性に傾くのは当然と言えば当然だ。

雪斗が彼女とくっつけば、今のようにストーカー並につきまとわれることも、セクハラまがいの行為もなくなるはずだ。つい先日の文乃ならそのことを喜んでいたはずだが、今の気持ちは少し違う。

雪斗の目が自分から他の女性に向かうことがなんとなく不快に思える。もしかして自分は雪斗が離れてしまうことを惜しいと感じているのだろうか。

文乃がそんなことを考えていると、突然肩を強く叩《たた》かれ、ドキリとして飛び上がりそうになった。

「花井さん、お待たせ」

雪斗の穏やかな声音にホッとして顔を上げると、いつ話が終わったのか松村の姿はない。

「松村さんはいいんですか?」

「ああ、長くなりそうなので、改めてもらうことにしたんだ。彼女も専務のお供だからすぐに戻らないといけないからね」

それは改めてふたりで会う約束をしたということだろうか。まさかそう尋ねるわけにもいかず、文乃は軽く頷くだけにとどめた。

付き合っているわけじゃないのだから、彼が誰と一緒に過ごそうが自分には関係ない。むしろ、いつも雪斗をうっとうしいと思っているのだし、ふたりがくっつけば文乃に干渉しなくなって好都合だ。

それなのに、なぜかふたりのことを考えるとモヤモヤしてしまう自分がいた。

雪斗は店の外でお客様の誘導をしていた顔見知りのスタッフに会釈をすると、今度こそ文乃を伴って歩き出した。

「文乃さん、少し早いですが、せっかくふたりで外にいるんですからお昼を食べてから戻りましょう。近くに小さいけれど美味しいオムライスを食べさせる店があるんです」

店からワンブロックほど歩いたところで、雪斗が振り返った。

「文乃さんの好きなデミグラスソースに半熟卵のオムライスですよ」

一瞬にして溺愛モードに変わった雪斗は、どうやら今日も餌付けに勤しむつもりらしい。というか、美味しいものを提案すれば、文乃がついてくると思っている節がある。先日持たせてくれたお弁当も塩から揚げが絶品で、順子のから揚げにも負けないと思うほど美味しかった。

今朝は普段の出勤よりも朝が早かったからお腹は空いている。いつもの文乃なら喜んで頷いてしまうところだが、今日はさっきの松村のこともあり素直に頷けなかった。

「雪斗さん、わたし会社に戻らないと。今日はパパとお昼食べる約束なの」

これは本当だ。嘘《うそ》はついていないが、次の瞬間雪斗ががっかりした顔をするのを見てホッとしてしまった。

「……そうなんですか？」

「うん。この前実家に帰ったとき、パパは会食でいなかったんだけど、だったら一緒にお昼ご飯を食べたいって」

「社長が先約では仕方ありませんね」

小さく肩をすくめた雪斗を見て、急に罪悪感を覚えた文乃は慌てて言った。

「そうだ！　雪斗さんも一緒にどう？」

文乃から雪斗を誘うのは初めてだった。自分でも驚いたけれど、父も雪斗には目をかけているようだし、一緒に外出していたと知ったら、なぜ誘わなかったのだと怒られてしまうからだと自分にいいわけをする。

しかし雪斗は文乃からの誘いにあっさり首を横に振った。

「いいえ、僕は遠慮します。せっかくの親子水入らずを邪魔したくないですから」

「えっ」

てっきり雪斗が承諾すると思っていた文乃は、意外な返事に少し驚いてしまった。

「そんなの気にしなくていいのに。だってパパとは同じ社内で、ほぼ毎週会ってるんだよ」

「文乃さんはよくても社長は違うんですよ。それに僕が一緒にいて、文乃さんがぼろを出したらどうするんです？　文乃さんは迂闊《うかつ》なところがありますから、自分で僕との関係をバラしてしまいそうな気がします」

「そ、そんなことしないし！」

雪斗ではなく文乃がぼろを出すことが前提なのは心外だが、確かに変に勘ぐられたくはない。

「でも、お互い会話に気をつければ」

「そんなに熱心に誘うほど僕と食事をしたいんですか？　可愛いですね」

雪斗は嬉しそうに微笑んだ。伸びてきた手に頭を撫《な》でられそうになり、文乃はとっさにそれを振りはらった。

「なっ！　別にわたしは……誘わなかったらパパが怒るかなって思っただけだもん！」

そう言いながらも心臓がドキドキと音を立てる。雪斗が頭を撫でようとした仕草を、一瞬自然に受け入れそうになっていた自分に驚いたからだ。

「そうなんですか？　もしそうだとしても文乃さんが誘ってくださったのは嬉しかったですよ。社長と約束があるのなら、タクシーで行きましょう。銀座からならその方が早いです」

雪斗は手を振りはらわれたのに嫌な顔ひとつせずに頷くと、タクシーを拾うために大通りに視線を向けた。文乃はその横顔を見つめながら、やはり雪斗は変わっていると思った。いつも文乃にキモいだの変態だのと罵られ、少し優しさを見せただけで今のように手を振りはらわれる。

雪斗は好きだと言ってくれるけれど、こんな扱いにくい自分のどこが好きなのだろう。性格はさておき、雪斗は社内でも女子社員に人気もあるし仕事も出来る。その気になれば雪斗と付き合いたい人はたくさんいそうだし、わざわざ文乃に執着する理由が思いうかばない。

今までそんなことを一度も考えてみたことのなかった自分にも驚くけれど、なにより雪斗がなにを考えているのか不思議だった。

結局昼食に誘うのは諦め、タクシーで一緒に戻って来て、雪斗とは会社の前で別れた。時間はちょうどランチタイムで、文乃はオフィスに戻らずそのまま社長室に向かった。前室で待機していた秘書に挨拶をして部屋に入ると、すでにテーブルの上にはお弁当が準備されていた。

「文乃ちゃん、来たね。さあさあ、こっちに座って」

文乃が頷いてソファーに座ると、すぐに秘書がお茶を運んでくる。

「どこか外に食べに出るのかと思った」

「それも考えたんだが、午前中は外回りで遅くなるかもしれないって言っていただろう。それなら戻ったらすぐ食べられるようにと思って、文乃ちゃんが好きな六本木の花筺《はながたみ》さんの特製天丼を頼んでおいたんだよ」

「やった！」

文乃は思わず飛びついてお弁当の蓋を開けてしまった。

大きなエビ天が二本に野菜のかき揚げ、名物の江戸前穴子ものっている。いい感じでタレも染みていて見るからに食べ頃だ。

「美味しそう！　いただきまーす‼」

すぐに箸をつけた文乃だったが、数口食べてから最近よく食に釣られていることに気づいた。

好きなものを勧められると、怒っていたことも疲れていたことも忘れて飛びついてしまうのは、少し問題ではないだろうか。

今まで気にしなかったけれど、自分はかなり食いしん坊な上に、それをみんなに上手く利用されている気がする。

「お仕事はどうだい？　雪斗くんとは上手くやれているかい？」

勢いに流されて身体の関係になってしまったことが〝上手く〟を指しているとは思えな

いが、子どもの頃のように虐められてはいないから、仕事上の付き合いとしては上手くやっていることになるのだろうか。

文乃はモグモグしていた口の中のものを飲み込んでから頷いた。

「今日も雪斗さんと外回りだったんだよ。一緒にお昼食べようって誘ったんだけど、親子水入らずでどうぞって断られちゃった」

「なんだ、気を遣わなくていいのになぁ」

「わたしもそう言ったんだけどね」

文乃はそう言ってタレがたっぷり染みこんだエビ天に齧《かじ》り付いた。

「雪斗くんは本当に好青年になったな」

〝好青年〟という部分に納得しかねる文乃はあえて同意しないで、大好きな天丼を味わうことに集中する。

「昔よく、あそこの三兄弟が文乃ちゃんと結婚してくれればいいのになぁって話していたんだよ」

「ンッ⁉」

結婚という言葉に、文乃はドキリとしてご飯を喉に詰まらせそうになってしまう。

「ちょ、ちょっと……ごほっ……それ、なに⁉」

少しぬるくなったお茶で流し込み、涙目になりながら父を見た。そういえば母もそんなことを言っていた気がする。

「もう随分前の話だよ。うちは一人娘で向こうは男三人だろ。一人ぐらいうちにくれたらいいのにっていう冗談だよ」

「な、なんだ……冗談なら冗談と」

一瞬微妙な関係になっていることに気づかれたのかと思ったけれど、違ったらしい。文乃がホッとしてもう一度箸を取ったときだった。

「雪斗くんには直接言ったんだが、断られたんだよ。年格好で言えば、彼が一番文乃ちゃんに合っていると思っていたんだけどなぁ」

「……え？」

「向こうは三男だし、家族ぐるみの付き合いで親戚のようなものだろう？　いい話だと思ったんだが、結婚相手は自分の意思で決めるものだって言われてね」

つまり雪斗は文乃が知らないところで、すでに結婚を断っていたということだろうか。

それなら雪斗が文乃との結婚にこだわらない理由にも納得がいく。

それにこれまでも両親に結婚や見合いの話を何度もされたのに、具体的な名前まであげられたのは初めてだった。

文乃だって自分で結婚をしたくないと言っているのだから、結婚を断った雪斗とは一見利害が一致しているようにも思える。

でも知らないところで結婚を断られているのと、お互い結婚を前提としないことを納得して付き合い始めるのとは違う気がした。

どうしてこんなにショックを受けているのだろう。結婚したくないという自分の希望通りの、理想の関係のはずなのに。

雪斗も最初から自分に結婚を求めていなかったことを知ってしまったからだろうか。恋人としては楽しめるけれど、人生の伴侶としては選ばないと言われているのだ。

雪斗が結婚したいと思う女性はどんな人なのだろう。文乃の脳裏に、先ほど銀座で声をかけてきた松村の顔が浮かんだ。

「そうだ。今週末だけど、飯坂インターナショナル貿易の新社屋落成パーティーにお呼ばれしているから、文乃ちゃんも参加してね」

「あ、うん……」

「パパは家からママと一緒に行くけど、文乃ちゃんは雪斗くんと行くかい？」

「……うん」

「じゃあパパからも雪斗くんにお願いしておこう」

「……うん」

雪斗の本心にショックを受けていた文乃は、父の話もろくに聞いておらず、ただ生返事をくり返した。

どうして自分がこんなモヤモヤした気持ちにならなくてはいけないのだろう。

全部雪斗のせいだ。雪斗が文乃にちょっかいを出してこなければ、こんな気持ちにならずにすんだのに。

そう思ったら腹が立ってくるのが文乃で、食事を終えて社長室を出るころには、どうすれば雪斗を自分の人生から追い出せるかということを考え始めていた。

オフィスに戻ると雪斗は外出したようで、その姿を見なくていいことにホッとしてしまった。今顔をあわせたら、会社であることも忘れて睨《にら》みつけていたかもしれない。

文乃が溜息《ためいき》をつきながらデスクにつくと、書類を抱えた美里に声をかけられた。

「花井さん、おかえり～。銀座のお店どうだった？」

「お疲れさまです。お客さんもたくさんいらっしゃっていて、いい感じのオープニングでした。主任に共有フォルダに写真をアップするように言われているので、あとで見てください」

「了解。急ぎの仕事がなかったら、明日の会議の資料作るの手伝って欲しいんだけど、いい？」

「もちろんです」

美里が抱えているのはすでにコピー済みの会議資料だ。これから人数分のレジュメを作るのだろう。

文乃は美里と一緒に小会議室に行くと、テーブルに並べた資料を順番に取ってホチキスで留めるという単純作業を始めた。

あとで今日のレポートを書かなくてはいけないが、今のこのモヤモヤとした気持ちではこういう単純作業の方が気楽だ。雪斗と自分のこれからのこともゆっくり考えることができる。

一番いいのは雪斗を振ってすっきりすることだが、理由もなくただ付き合いたくないと言っても、これまでもそうだったように彼が簡単に引き下がるとは思えない。

嘘でもいいから好きな人がいるとか恋人ができたと言うのはどうだろう。

恋人のふりをしてくれるほど親しい男友達はいないから、まずは男性を探さなければいけないが、雪斗が相手ならそれなりにイケメンで高スペックの男性を探さなければ、納得してくれないだろう。

雪斗をイケメンだと認めるのは悔しいが、本当のことだから仕方がないと自分に言い聞かせる。

「大体、そんな人とどこで出会えっていうのよ」

思わず口に出すと、すぐそばで作業していた美里が目を丸くした。

「どうしたの？　あ、もしかして彼氏が欲しいとかそういう悩み？」

「え？　ええ、まぁ……」

違うと言うには口にしてしまった言葉は具体的すぎて、文乃は素直に頷いた。

「あの、ちょっと友だちとそんな話になって」

「そっかそっか、彼氏か」

「先輩、手っ取り早く彼氏を見つけるのってどうしたらいいんですか？」

さすがに〝高スペックの〟とは言えずそう尋ねた。

「そりゃやっぱり合コンでしょ！　花井さんなんてまだ若いんだから、あちこち顔を出して男友達からでいいから繋《つな》がりを作るのよ。そこからまた合コンとか飲み会に誘われるから」

「そうなんですか？　わたし合コンってほとんど経験なくて」

「別に合コンしたから絶対に付き合わなきゃいけないなんてことないのよ。私も飲み友だちになった男の子とかいるもん」

「なるほど」

社内で探すと父のことなど知られたら面倒くさいと思っていたけれど、今まで避けていた合コンも、友達を作ると思えば気軽に参加できそうだ。

そもそも雪斗しか知らないからこんな気持ちになるのだ。他の男性と知り合ってみたら、雪斗なんてたいしたことはないと思えるかもしれない。

「実は大学の時の友だちに、向こうの会社の先輩と合コンしないかって誘われてるんですよ」

「それよ！　チャンスじゃない。行ってきなさいよ。よし、私も花井さんのために男友達召集するから飲みに行こう！」

「本当ですか」

美里はニッコリと笑って頷いた。

「もちろん。あとで友だちに連絡してみる。花井さん可愛いし、向こうも喜ぶわ。予定がわかったら教えるから」

「よろしくお願いします！」

その日の夜、美里のアドバイスに従って友だちに合コンに参加したいと連絡を入れていると、美里からメッセージが届いた。

大学の先輩が会社の同僚たちとの合コンを早速セッティングしてくれるそうで、日程調整の連絡だった。

すぐに応諾の返事を送ると、なんだかワクワクしてきてしまった。

合コンに参加するからという理由ではなく、再会してから振り回されていた雪斗に意趣返しができるからだ。

文乃はそれがどんな形で自分に跳ね返ってくるかも考えず、雪斗が狼狽《うろた》える顔が見られるかもしれないということばかりに意識が向いていた。

＊＊＊　＊＊＊　＊＊＊

土曜日は飯坂インターナショナル貿易の新社屋落成式の日で、父に午後のパーティーに出席するようにと念押しされていた文乃は、朝からシャワーを浴びて、会社では着ることのないドレッシーなワンピースに袖を通し、髪は自分で巻いてハーフアップにした。

ヒールの高い靴を履くから徒歩での移動は無理だ。早めにタクシーを呼んでおこうと携帯電話を取りだしたときだった。

インターフォンの音が部屋に鳴り響いたが、文乃はその音に首を傾げた。

このマンションはオートロック式で、一階のインターフォンで部屋を呼び出したときと、部屋の前のインターフォンを押したときでは音が違う。

例えば宅配の配達が届いたら、まず一階のテレビカメラを確認して鍵をあけ、部屋の前までやってきた配達員がもう一度インターフォンを押すという仕組みだ。

今の音は部屋の前のインターフォンの音で、テレビ画面が真っ暗なのがその証拠だった。ご近所の人だろうか。文乃は少し警戒しながら受話器を取った。

「……はい」

『文乃さん、迎えに来ました。もう出られますか？』

「えっ」

インターフォンから聞こえた雪斗の声に、一瞬頭の中が真っ白になった。それから、出かける先が雪斗の実家の集まりであるということ、先日父が雪斗になにか頼むと言っていたことを思いだした。

あれは文乃の送迎を頼むとか、そんな内容だったのだろう。まさか聞いていなかったとは言えず、文乃は渋々扉を開けた。

「……おはよう」

雪斗が文乃との結婚を断ったという話を聞いてから、会社以外で雪斗とはまともに顔をあわせていない。

朝の満員電車でもそばに来て欲しくなくて、わざと先頭の女性専用車両に乗るようにしたし、社内では仕事の用事でしか話す機会はないから、雪斗を避けるのは案外簡単だった。

携帯にメッセージが送られてきたけれど無視をしていたから、雪斗にも文乃が意図的に避けていることは伝わっていたはずだ。

それなのに扉の向こうから姿を見せた雪斗はいつもと同じ笑顔だった。

「おはようございます。準備ができているようなら少し早いですが出ましょうか」

「え？」

「やっぱり。昨日携帯に時間を連絡したのを見てないんですね。既読にならないのでそんなことだろうと思っていました。念のため早めに迎えに来てよかったです。どうせひとりで行くつもりだったんでしょう？」

「……」

「文乃さんは僕を部屋に入れたくないでしょうから、エントランスに車を回しておきますので、支度ができたら降りてきてくださいね」

雪斗はそう言うと文乃の返事も待たずに扉を閉めた。

どうやら文乃の考えていることなど全部お見通しらしい。なんと言って断ろうか考えていたのだが、これ以上は雪斗のことを避けられないということだ。

支度を終えた文乃がエントランスまで出ていくと、黒い車の前にはスーツ姿の雪斗が立っていて、近付いてくる文乃を見つめて眩《まぶ》しそうに目を細めた。

「……」

あまりにもジッと見つめてくるから、視線で肌がざわつくような気がして、文乃は雪斗を睨みつけた。

「……なに？」

「いえ、今日も可愛いなぁと見蕩《みと》れていたら、つい言葉を失ってしまいました」

「……ッ」

いつもの変態発言だと思えばいいのに、文乃は自分の頰が赤くなっていくのを感じた。

雪斗はそんな文乃に笑いかけると、助手席の扉を開けてくれた。

「どうぞ」

「……ありがと」

小さく呟《つぶや》いて、赤くなった顔を隠すようにしてシートに滑り込む。するとそれを追うように雪斗の上半身が車内に入ってきて文乃の上に覆い被さってきた。

「えっ」

キスをされそうな顔の近さにドキリとして、思わず首を竦《すく》めギュッと目をつぶってしまう。そんな文乃の耳元で雪斗が囁《ささや》いた。

「今日の文乃さんは本当に素敵ですよ。許されるのならこのままベッドに連れ込みたい気分です」

まるで口づけているのではないかと錯覚してしまいそうなほど熱い息が耳朶《じだ》に触れる。それだけで身体が震えてしまい、呼吸が苦しくなった。

このままキスをされてしまうのだろうか。文乃が期待とも不安とも取れる胸の高鳴りに苦しくなったときだった。

カチリと小さな音がして、雪斗の身体がゆっくりと文乃から離れていく。シートベルトを締められたのだと気づいたのは、雪斗の身体が運転席に納まったときだった。

「車は酔わなかったはずですが、具合が悪くなったら言ってください」

そう言いながらエンジンをスタートさせる。それから文乃を見つめ、強請るように首を傾げた。

「パーティーに顔を出したらさっさと切り上げてデートしませんか？　せっかくお洒落《しゃれ》をしているんですから、ドレスコードのあるお店でもいいですね。でもこんなに素敵な文乃さんを他の男にはあまり見せたくないな。そうだ。やっぱりパーティーに行くのをやめませんか？」

文乃が頷けばすぐにでも欠席の連絡を入れそうな勢いだ。それにまた肌をチリチリと擽《くすぐ》るような視線を感じて、気持ちが落ち着かない。

「バ、バカなこと言ってないで、ちゃんと前を見て運転して！」

雪斗に意趣返しをする計画を立てているのに、こちらが狼狽えてしまっている。

ここ数日あからさまに避けているのに、いつも通りマイペースなのもなんだか腹が立つ。このままではまた雪斗のいいようにされてしまいそうだ。

車に乗ってしまったのは仕方がないから、ここからはせいぜい不機嫌に振る舞って、雪斗を辟易《へきえき》させてやろうなどと大人げないことを考えた。

パーティーでも我《わ》が儘《まま》を言ってうんざりさせようと思っていたのに、雪斗は文乃を父のところまで送ると、挨拶があるからと早々にそばを離れてしまった。

パーティーの会場は、飯坂インターナショナル貿易のすぐそばにあるホテルのバンケットルームだった。

父は主賓として朝から行われた落成式に参加していて、母もパーティーに参加するために会場入りしているそうだが、お稽古仲間の奥様方と一緒らしい。

デートをしたいだのなんだの言っていた雪斗が、自分をあっさり父のそばに置き去りにしたことに対して、文乃は不満を覚えていた。

せっかく雪斗を困らせてやろうと思っていたのに、肩透かしとはこのことだ。雪斗のことなど忘れて、パーティーを楽しめばいい。しかし融通の利かない性格なのか、雪斗相手だと自分の思い通りにならないことが悔しくて、とてもパーティーを楽しむ気分にはなれなかった。

それに父のそばにいると、挨拶してきた人にさりげなく結婚や見合いについて探りを入れられるのもうんざりだった。二十三歳と言えば、世間的な適齢期には早いはずなのに、どうして自分の娘でもない文乃の結婚に興味を持つのだろう。

それでもしばらくは桃園の娘としてなんとか我慢していたが、いい加減愛想笑いにも疲れた文乃は、談笑する父の袖を引いた。

「ママを探してくるね」

そう言い残して、文乃はなんとかおじさんたちの輪から離れてひとりになった。

父には母のところに行くと言ったものの、本当に母を探すつもりなどない。姿子のお稽古仲間と言えば、さらに文乃の結婚話が大好きなのだ。

もし顔を見せようものなら、生《い》け贄《にえ》の子羊よろしく好みのタイプや結婚観など、質問攻めにされるに決まっている。

文乃はウエイターからウーロン茶のグラスを受けると、人を探すような顔をして会場内をぶらついた。

パーティーは立食形式で、会場内にはいくつもの丸テーブルが置かれている。ほとんどの客はそのテーブルを中心に集まっていたから、テーブルに近付かずに人待ち顔でうろうろしていればおかしくは見えない。

その中に一際人が集まっているテーブルがあり、遠目に雪斗の父と長男俊哉の姿が見えた。

雪斗もその中にいるのかと遠目で見つめていると、俊哉と眼が合って手招きをされた。

あの中に引き込まれてはたまらないと、慌てて笑顔で首を横に振ると、文乃の言いたいことがわかったのかウインクを返されてしまった。

俊哉たちの輪に雪斗の姿はなく、文乃がぐるりと会場を見渡したときだった。入り口に近いテーブルに背の高い雪斗の姿を見つけ、さらにその隣に立つ松村の姿に文乃は目を見開いた。

父からは他の重役も招待されていると聞いていたから、専務のお供できているのだと見当はつくが、どうして雪斗と一緒にいるのだろう。

なにを話しているかはわからないが、お供できている専務を放って雪斗と立ち話をするなんて職務怠慢ではないだろうか。

文乃は思いがけず笑い合うふたりに苛立ちを感じて、ぷいっと視線を外した。

自分以外の女性にあんなふうに優しく微笑みかける雪斗なんて見たくない。そもそも、デートしたいと言っていたくせに、自分を放り出して他の女性と一緒にいるなんて許せない。

それが嫉妬という感情であることを認めたくない文乃は、イライラしながらふたりに背を向けた。

もしこのあと雪斗が誘ってきたとしても絶対に断ろう。というか、今更探しにきたとしても口をきくのだってごめんだ。

文乃が不機嫌な顔で会場内をうろついていると、突然すぐそばで名前を呼ばれた。

「文乃」

若い男性の声に、文乃はきつく寄せられていた眉をほどいた。

　こういったパーティー会場で、そう呼び捨てにする知り合いは限られる。文乃はパーティションの向こうから手招きする男性の顔を見て思わず唇を緩めた。

「晃兄」

　飯坂のパーティーなのだから、次男の晃良がいて当然だ。しかし秘書課の室長を務めているのなら、今日のような会社主催のパーティーでは忙しいのではないだろうか。

「晃兄、サボり？」

　文乃はパーティションの中に招き入れられながら、からかうように声をかけた。

「ばか。休憩だよ、休憩。昨日から準備でここのホテルに泊まり込んでるんだから少しぐらい休んだっていいだろ」

　ビジネススーツ姿の晃良が顔をしかめる。三兄弟の中では一番気安くて話しやすい。

「お疲れさま。さっきちらっと俊兄見たけど、おじさまと一緒に挨拶しまくってたよ」

「それが兄貴の仕事だからな。まあその点裏方は気楽だよ。こうやってサボれるしな」

「やっぱりサボってるんじゃん！」

　文乃と晃良は顔を見合わせて噴き出した。

「おまえ、ふてくされた顔で歩いてたけど、なんかあったのか？」

「……そ、そんな顔してないもん！」

「してたって。ガキの頃拗《す》ねてたときと同じ顔だったぞ。どうせまたお見合いしろとか早く結婚しろとか言われて逃げてきたんだろ」

半分は当たっているから文乃は肩をすくめた。それに雪斗のせいで不機嫌になっていることを認めたくないという自分もいる。

「ほっといてよ」

「さっさと雪斗と結婚するって宣言しろよ。そしたらうるさいこと言われなくなるぞ」

晃良はそう言うと文乃の手からグラスを取り上げ、ウーロン茶を一口呷《あお》る。

「……は⁉」

文乃はなんのことを言われているのかわからず、顔を顰《しか》めながらグラスを受けとった。

「なに？　なんのこと？」

「いや、おまえと雪斗だよ。結婚すんじゃねーの？」

「はぁ⁉　だ、誰がそんなこと……」

そもそも雪斗と付き合うことを承知していない。まさか雪斗が先手を打って晃良に喋《しゃべ》ったのだろうか。そう問い返すと、晃良はあっさりと首を横に振った。

「雪斗はなにも言ってないけど、おまえら今、一緒に住んでるんだろ？　今日だってふたりできたしさ」

「ち、違うよ！　晃兄だって自分ちのマンションなんだからわかってるでしょ。部屋は別々！　やめてよ、誤解されるようなこと言わないで！」

文乃が早口でまくし立てると、その剣幕に晃良は小さく肩を竦めた。

「なんだ、雪斗も案外奥手だな」

「……」

奥手どころか、むしろ積極的すぎて困るのだがそれを口にしたら新たな誤解を生んでしまう。

「わ、わたしはまだ誰とも結婚するつもりないって前から言ってるじゃない。どうして急にそんなこと言いだしたの？」

もし噂でもされているのなら、さっさとその噂の元を潰しておかないと、両親の耳に入ったら大変なことになる。

「どうしてって……先にプロポーズしたのは文乃だろ。今も雪斗が好きなんじゃないのか？」

「はぁ⁉　そ、そんなの言ったことないし‼」

晃良は誰か別の人と勘違いしているんじゃないだろうか。今のところ相手が誰だとしても、結婚願望は皆無だと胸を張って言える。

「おまえが小学校に上がる前ぐらいじゃないかな。別荘に遊びに行ってたとき、毎日朝からうちに遊びに来てただろ。雪斗にくっついて歩いて、夕方になると帰りたくないって泣いて、うちの子になるって大騒ぎしたじゃないか」

それはなんとなく記憶にある。みんな年上で文乃と優しく遊んでくれたから、一人っ子だったこともあり兄弟への憧れから、お隣に入り浸っていた。

朝早くに訪ねていってもみんな学校の宿題をやっていて相手にしてもらえないから、それが終わるまでみんなのそばで折り紙や塗り絵をしたり、絵本を読んで待っていたものだ。

「で、おまえがあんまり泣くから、兄貴が三人のうちの誰かと結婚すればうちの子になれるよって冗談で言ったら、おまえ迷わず雪斗と結婚するって言ったじゃん」

「嘘！　そんなこと言ってない‼」

「子どもってそういうとこあるよな。都合の悪いことは覚えてないの」

自分の言葉にうんうんと頷く晃良は嘘をついているようには見えないが、本当にそんなことを言った記憶がない。

「アイツだって憎からず思ってたから、昔からせっせとおまえの面倒見てたんだろうし」

雪斗に意地悪された記憶ばかりが色濃い文乃は、その言葉には異議を唱えた。

「面倒見るって……意地悪しかされたことないよ。森の中で置いてきぼりにされたり、池に突き落とされたりしたもん！　池に落とすなんて、死ぬことだってあるんだからね」

「違うって、あれはおまえが、雪斗が止めるのも聞かずに池に乗り出して足を滑らせたんだぜ」

「え？　う、うそ……」

あのときすぐ後ろに雪斗がいて、池の中を覗《のぞ》いた文乃の背中を押して突き落としたはずなのに。

「嘘じゃないって。俺もその場にいたんだから。みんなで庭を散歩してたらおまえが魚を見たいって言い出して、池に連れて行ったんだよ。で、おまえがじいちゃんの錦鯉《にしきごい》を見て大喜びして、雪斗が何度も引き戻すのに池に身を乗り出してさ」

雪斗とそんなやりとりをした記憶はない。文乃が覚えているのは庭を歩いていて、池に落ちたことと、そこに雪斗がいたということだけだ。

晃良とは九つ、俊哉に至っては一回りも年が離れていて、幼い文乃の記憶よりも確かだと思うと、これまで自分が信じていたことにも自信がなくなってくる。

「雪斗が危ないからっておまえのワンピースのリボンを摑《つか》んでいたんだけど、それが突然ほどけてドボーンだよ。とっさに兄貴が飛び込んで事なきを得たけど、本当に覚えてないのか」

信じられなくて首を横に振る。俊哉に助けられたことは覚えているけれど、これまでずっと雪斗に突き落とされたと思っていて、それで雪斗を避けていたのだ。

しかし池のことが文乃の記憶違いだとしても、雪斗には他にもたくさん意地悪をされてきたのだ。

「で、でも……雪くんはすごく意地悪だったもん！　マカロンとかお芋とか、同じものばっかりお皿に乗せられたり……」

「おまえマカロン好物だったじゃん」

雪斗も同じことを言っていた。晃良にも認識されているということは、自分が思っている以上に、本当にそればかり食べていたのかもしれない。

「アイツはおまえに好きなものを好きなだけ食べさせてやろうと思ったんじゃないの？

おまえ子どもの頃、食いしん坊だったし。文乃は食ってるときが一番可愛いからな」

食べているときが一番可愛いというのは色々女子として悲しいが、食いしん坊というのは大人になった今もそうなので、否定できない。

確かに再会してからも、雪斗はなにかと文乃の好きなものを並べ立て、餌付けでもするつもりなのかと思ったことがある。

もし子どもの頃も今も、同じように文乃に好物を食べさせたいという雪斗の優しさだったとしたら、雪斗はなぜ父の結婚話を断ったのだろう。

「ねえ、晃兄」

文乃はなんとなく声をひそめなくてはいけない気がして、身を乗り出すように晃良に顔を寄せた。

「雪くんはどうして飯坂に就職しないでうちに来たのか聞いてる？」

それは文乃がずっと疑問に思っていたことだった。飯坂にいれば晃良のようにどこかのポジションを与えられ、それなりに働きやすかったはずだ。それなのにどうしてピーチドラッグでわざわざ平社員から始める必要があったのだろう。

「つうか、おまえもいい加減鈍いな。それはさ」

晃良がそう口を開いたとき、文乃が入ってきたパーティションの向こうから、紺のスーツに花柄のスカーフを首に巻いた女性が姿を見せた。

目の前で顔を寄せて話をする文乃たちを見て微かに目を見開いて、それから晃良に向かって咎《とが》めるような視線を向ける。

「……室長、なにしてるんですか？」

晃良は責めるような口調に怯《ひる》む様子もなく、女性に向かってニヤリと笑う。

「心配すんな。ナンパなんかしてねーよ。文乃は幼馴染《おさななじ》みで妹みたいなもんだ」

晃良の口調と女性の服装からみて、秘書課の部下のようだが、明らかに疑われているのがその眼差しからひしひしと伝わってくる。

そもそも仕事でもこの調子なのだと思うと、晃良の部下を務めるのも大変そうだと彼女に同情してしまう。

女性はすぐには信用できないようで、何度かふたりの顔を見比べ、力いっぱい頷く文乃を見てやっと納得したのか険しい表情を緩めた。

「もしかしてこちらのお嬢様はピーチドラッグの」

女性の問いに、晃良はあっさりと頷いた。

「そう、社長令嬢。令嬢っぽく見えないけど」

「うっさいな！」

思わず令嬢らしくない返しをしてしまう。

「でしたら、お嬢様のことを雪斗さんが探していらっしゃいました。先ほど専務に文乃さんという方のことを尋ねていらっしゃいましたから」

文乃と晃良は顔を見合わせた。

「やっぱおまえらなんかあるんじゃねーの？」

「……」

まったくないと嘘はつけなくて答えられずにいると、晃良は小さく肩を竦め女性に向かって手を振った。

「わかった。ありがとな」

追い払うような仕草なのに、女性は嫌な顔ひとつせずぺこりと頭を下げるとバックヤードに入っていった。

「文乃、おまえ早くパーティーに戻った方がいいぞ」

「晃兄が呼び止めたくせに」

「なあ、俺にだけ言っとけよ。おまえらやっぱり付き合ってるんだろ？　そうかそうか、俺を飛ばして雪斗が先に結婚か」

「勝手に決めないでよ！　結婚はしないって言ってるでしょ！」

文乃が思わず声を荒らげた時だった。聞こえた声に、文乃はビクリと肩を揺らした。

「文乃さん、声が大きいですよ。外まで聞こえています」

「え……っ」

文乃が両手で口を覆うと、パーティションの向こうから雪斗が姿を見せる。

「大丈夫です。たまたま通りかかった僕しか聞いていませんから。でももう少し声を抑えた方がいいですね」

「う、うん……」

別に悪いことをしていたわけではないのに、後ろめたい気持ちになってしまう。

「探しましたよ。兄さんと一緒だったんですね。社長と奥様が呼んでいらっしゃいますよ」

「……あ、うん」

昼は笑っているけれど、目は笑っていないあの表情だ。

「じゃあね、晃兄」

「お、おう！」

背中に手を添えられ、パーティションの外へと連れだされる。もともとエスコートをちゃんとしてくれる人だが、今は雪斗との間に流れる空気が張りつめているというか、肌がムズムズするような緊張感が文乃を落ち着かない気持ちにさせた。

「社長のところまでご案内します」

「うん」

「兄さんとなにを話していたんですか」

「……聞いてたんじゃないの？」

だからこそこっちはこんなに気まずい思いをしているのだ。

「僕が聞いたのは文乃さんが結婚はしないと力説されていた部分だけです」

さらりと返されたけれど、雪斗の声が少し落胆しているように思えて、文乃は罪悪感を覚えた。

「……あ、ああ……あれね」

　別に相手が雪斗だから結婚したくないわけじゃないと説明しようとして、言いよどむ。雪斗だって父に文乃との結婚を断ったのだからお互い様だと思い直したのだ。

　それに今日だって雪斗が先に消えて松村とイチャイチャしていたのであって、文乃が雪斗を放っておいたわけではないのに。

「文乃さん、お化粧が崩れています」

　突然そう言われて、文乃は手で頬を押さえた。

「えっ？　どこ？」

「口紅が少し。社長のところに戻る前に、外に出て直してきた方がいいですね」

「うん」

「どうぞ」

　文乃は雪斗が開けてくれたドアからバンケットルームの外に出た。化粧室を探して視線を巡らせる間もなく雪斗に手首を掴まれ、なぜか柱の陰に引っ張り込まれてしまう。

「え……きゃっ」

　とん、と背中を壁に押し付けられ、気づくと壁に両手をついた雪斗に覆い被さられていた。薄いレンズ越しに見つめてくる視線が痛くて目を伏せる。

「……雪斗さん……なんか怒ってる？」

　雪斗はうんざりしたように、あからさまな溜息をついた。

「文乃さんの気持ちが決まるまでふたりの関係を内緒にすると約束はしましたが、他の男といちゃついていいなんて言っていませんよ。あなたは僕の恋人になる人なんですから」

「え……あ、うん」

「どうして兄さんとあんなところに雲隠れしていたんです？　ふたりきりで」

雪斗の怒りの原因は結婚しない発言ではなく、晃良と一緒にいたことらしい。

「他の男って言っても、晃兄だよ？」

「相手が誰でも嫌なんです。特に晃良は女癖が悪くて、相手が文乃さんだとしても自分がしたいようにする男ですから信用できません」

それは雪斗の考えすぎだ。確かに晃良の女癖が悪い話は耳にしたことがあるけれど、彼のタイプは大人美人で、文乃のようなまだ学生っぽさの残る女ではない。そう、ちょうどさっきの部下の女性のような美人秘書タイプだ。

実の弟なのだから冷静に考えればそれぐらいわかるはずなのに、真面目な顔で怒る雪斗がなんだか可愛く見えてしまう。つい唇を緩めると、雪斗は目を細めて文乃を睨《ね》めつけた。

「どうして笑っているんです？　僕は反省するように言っているんですよ」

「反省することなんてなにもないから笑ってるの」

「まさか、僕に嫉妬させたくて、わざと兄さんとイチャイチャして見せたんじゃないでしょうね？」

「だからイチャイチャしてないってば！　声をかけられたからちょっと話をしてただけ」

「そうだとしてもあんなところにいたら、誰に疑われても文句は言えませんよ」

確かに雪斗の言うとおりだ。さっき入ってきた晃良の部下も、顔を寄せて話す文乃たちを見て、一瞬どんな関係なのか疑うような目を向けてきたのだ。

人目が多いパーティーで誤解されるようなことをした自分も軽率だが、だったら松村と一緒にいた雪斗だって同じだと思う。自分ばかりが責められるのが納得いかなくて、文乃が言い返そうとしたときだった。

「いいですか」

壁に手のひらを押し付けていた雪斗が腕を折り、壁に向かって肘をつく。

「あ」

ぐっと顔が近付いて、どちらかが少し首を伸ばせば唇が触れてしまいそうな体勢に、文乃が小さく声をあげた。今ここを誰かが通りかかったら、きっとキスをしていると思われてしまうような距離だ。

「僕以外の男とふたりきりになったらお仕置きしますよ」

目の前で雪斗の形のいい唇が動く。文乃は知らずその唇をジッとみつめてしまった。

「おしおき……って」

「わかっているでしょう?」

雪斗が言っているのはキスのことだ。文乃は無意識に舌で唇を舐《な》めた。

「悪い子ですね。お仕置きして欲しいって顔をしていますよ」

「……」

雪斗の言う通り、いつの間にか雪斗にキスをされるのを待っている。文乃が返事の代わりに目を閉じると、すぐに唇が熱いもので覆われた。

「ん……っ」

性急に舌がねじ込まれて、厚みのある舌が文乃の口の中を荒らす。

「は……んぅ……んっ……」

こんなところでという思いも掠《かす》めるのに、それよりもヌルヌルといやらしく動き回る舌の動きに意識を奪われてしまう。

何度も熱い舌で口の中を擦られ、壁に押し付けられている背筋が震えて、甘い痺《しび》れが身体中に広がっていく。

「んふ……ぅ……んんぅ……っ」

息苦しさに鼻を鳴らすと、さらに乱暴に口の中をかき回された。

「は……ぁっ……」

これはヤキモチだと思ってもいいのだろうか。そう問いかけたくて蕩《とろ》けてしまった目で見上げると、雪斗の不機嫌そうな眼差しとぶつかった。

「……僕がなんでも文乃さんの我が儘を聞くと思ったら、大間違いですよ」

「そんなこと……思ってない……」

むしろ我が儘なのは雪斗だ。イヤだと言ってもすぐに身体に触れるし、今だっていつ誰

が来るかわからない廊下の片隅でキスをしてくるなんて身勝手で我が儘な男だ。

「僕が文乃さんの恋人候補の一番前に並んでいるんですから、ちゃんとお行儀よくしてくださいね」

誰かに命令されるなんてまっぴらだと思っていたのに、思わず頷いてしまいそうになり、文乃はふいっと視線をそらした。

「もぉ……戻らないと……」

すっかりキスで蕩けてしまった身体を壁から引き剝がす。ふらつく文乃の肩を雪斗の腕が抱き寄せる。

「そんな顔で会場に戻ったら怪しまれてしまいますよ。頰も唇もいつもより赤いです。そうですね、まだパーティーが終わるまでには大分時間がありますから、ティールームでお茶でも飲んでから戻りましょう」

確かにこんな状態で戻ってもまともに会話が出来る自信がない。文乃が同意すると、雪斗は文乃の背を押し歩き出した。

「ホテルのティールームだと文乃さんの好きなキャラメルラテがないかもしれませんね。ああ、その火照った顔を冷ますならアイスクリームの方がいいかもしれません。ここのアイスクリームも美味しいですよ」

そんなに赤い顔をしているのかと思うと恥ずかしい。それに雪斗の方からキスをやめてくれてホッとしている自分がいた。ここがホテルの廊下でなければ、もっとして欲しいとせがんでしまいそうだったからだ。
「文乃さん？」
黙ったままの文乃を心配したのか、雪斗が顔を覗き込んでくる。文乃は考えていること
まで覗かれるような気がして、つんと顔を背ける。
「あのさ、前も思ったんだけど、どうしてわたしがキャラメルラテを好きだって知ってる
の？」
食べ物の好みは、付き合いも長いし父からの情報もあるからそんなものかと思うけれ
ど、さすがに大人になってからカフェで注文するものまで知っているのは不思議だ。
すると雪斗は文乃の問いに、フッと唇を綻ばせて当然のように胸を張る。
「だって文乃さん、アルバイトしていたカフェで、休憩の時は必ずキャラメルラテを作っ
ていたじゃないですか」
「あ、そっか」
一瞬納得してしまいそうになったけれど、どうして雪斗が文乃のアルバイトしていたカ
フェの、しかも休憩時間のことを知っているのだろう。
するると文乃が尋ねるよりも早く、雪斗が自信たっぷりに言った。
「文乃さんがアルバイトをしていると聞いて、何度かカフェに行ったんです。文乃さんに
接客していただいたこともありますよ。まあ、文乃さんはすっかり僕のことを忘れている
ようでしたけれど」

「……は？」

今雪斗はとんでもないことを口にした気がするが、聞き間違いであって欲しいと一瞬現実逃避をする。ところが、雪斗はさらにそれを飛び越える言葉を口にした。

「あのバリスタ風の制服よく似合っていましたよ。スカートが短めだったので掃除とかカウンターの外で作業しているときは少し心配でしたが、文乃さんは足が綺麗ですからね。そうだ、今度僕の部屋であの格好でコーヒーを淹《い》れてください」

「……」

文乃がカフェでアルバイトをしていたのは大学時代で、当然だが雪斗と接点がない時期だ。もしも文乃の誤解でなければ、雪斗はずっと前から自分の知らないところで様子を窺《うかが》っていたことになる。

それは俗に言うストーカーというやつで、知り合いでなければ今すぐに通報する案件だ。

「文乃さん？　なんだか顔が引きつっているように見えますよ。可愛い顔が台なしです。ほら笑ってください」

たった今とんでもない発言をした男は悪びれる様子もない。やっぱりこの男と関係を持ったのは間違いだったかもしれない。

ニコニコと微笑みかける男に、我慢の限界に達した文乃は、そこがホテルのロビーであることも忘れて力いっぱい叫んでしまった。

「わ、笑えるわけないでしょ！　キモい！　やっぱり色々ヤダッ‼」

8　隠れた本音を見せて

今回のパーティーに参加してわかったのは、自分は思っていたよりも雪斗が嫌いではなかったということだった。

そうでなければ、雪斗が文乃との結婚を断ったと聞いたとき、あんなにショックを受けないし、松村と一緒にいるところを見て苛ついたりしないはずだ。

ということは雪斗も文乃が晃良に同じことを言ったのを聞いて、少なからず傷ついたのではないだろうか。お互い結婚する気がないのだから都合がいいと一方的に思い込んでいたけれど、結婚しないなんて一刀両断するように言い切ってしまったのは、雪斗に失礼だったと思う。

では付き合いたいかと聞かれると、素直に頷《うなず》けない自分がいる。

こっそり文乃がアルバイトしていたカフェに通っていたという事実はドン引きだし、あのストーカー気質は正直キモいとしか言えない。

ただ雪斗も雪斗なりに文乃との付き合いを真剣に考えてくれていることはわかってきたので、もう少し彼とちゃんと向きあって、お互いの考えていることなどを話し合った方がいいのかもしれない。

　男性との交際に興味のない自分が勢いで出会いを探そうと先走ってしまったが、あんなふうに晃良にすらヤキモチを焼く雪斗を見たら、一矢報いてやろうなどとくだらないことを考えていた自分が、どうしようもなく子どもに思えた。

　こんな迷いのある気持ちで合コンに行くのもどうかと迷ったが、せっかくセッティングしてくれた美里に申し訳ないし、なにより断ったら先輩の顔を潰すことになる。

　美里と紗織が昼休みに熱心に合コンの極意や男性の見分け方などをレクチャーしてくれて、やっぱりやめますとは言えない雰囲気なのだ。

　せめて雪斗に合コンに誘われたことを話そうかと思ったが、雪斗に言ったら面倒くさいことになりそうで、何か聞かれたら大学の時の友だちと飲みに行くと言って誤魔化すことにした。

　もともとあまり嘘《うそ》は得意ではないから、できればその日は雪斗には会いたくない。なるべく彼に予定を聞かれたくなかった。

　そのあと約束の日までの間、通勤は一緒にすることもあったが、幸か不幸か雪斗の仕事が忙しく、ふたりきりでゆっくり過ごす時間はなかった。

　雪斗がごねるので二度ほど外で待ち合わせてランチをしたけれど、夜は雪斗の方が遅いからひとりで帰っていた。

　しかし約束の日、一番恐れていたお誘いをされてしまった。週末だし、覚悟はしていたが、あまりのタイミングに彼はなにか察知する能力があるのではないかと本気で疑ってしまうほどだ。

　社食で昼食を終えた文乃が、飲み物やお菓子の自動販売機がある休憩所に足を踏み入れたときだった。

「文乃さん、今晩会えませんか？」

「きゃっ‼」

　背後から突然声をかけられたこともあり、文乃はギョッとして声の主を振り返った。

「すみません。驚かせてしまいましたね」

「あ、ううん。だ、大丈夫」

　ギョッとしたのは、今日は雪斗に誘われたくなかったからだと知ったら、きっと彼はショックを受けるだろう。

　それにしてもこのタイミングで声をかけてくるなんて、文乃がひとりになるのを待っていたみたいだ。そんなことをしなくても、今朝は通勤で一緒だったし、携帯へのメッセージでも社内メールでもいくらでも連絡方法はあるのに。

「それで、今夜なんですが」

　文乃は雪斗の言葉を遮るように大きな声をあげた。

「あれ～？　い、言ってなかったっけ？　きょ、今日は……大学の時の友だちと久しぶりに集まって食事をする約束していて」

あらかじめ用意してあった言葉を言うだけなのに、あまりにも下手くそな演技に、自分で自分に大根役者と叫びたくなる。こんなあからさまな言い方をしたら、雪斗に勘ぐられてしまう。

文乃は雪斗の顔を見ないようにして、自動販売機の紅茶のボタンを押す。

「大学のお友達ですか」

顔は見えないけれど、その声音はいつも通り静かだ。文乃は自動販売機から飲み物を取り出すと、笑顔を作って振り返った。

「そ、そうなの！　みんなと会うの卒業以来だから楽しみだな〜っ！　そ、そういうことだからまた誘ってね‼」

そう言い切ったとき、タイミングよく自動販売機を使うために他の社員が入ってきた。文乃は雪斗に向かってペこりと頭を下げると、紅茶のボトルを抱えて休憩所を逃げるようにあとにした。

演技が大根だったせいでかなりうさんくさい断り方をしてしまったが、一度嘘をついてしまったのだから、あとはなにを聞かれても押し通すしかない。

就職してからこれほど退社時間が待ち遠しかったのは初めてで、定時の三十分前ぐらいから何度も時計を見上げてしまった。

神様はそんな文乃に味方したのか、時計ばかり気にしていた文乃がふと顔をあげると、雪斗が書類を手にオフィスを出ていくのを目の端でとらえホッとしてしまった。

これなら定時とともに席を立っても呼び止められることもない。文乃は美里と紗織とともにオフィスを後にした。

退勤時間の女性用トイレはいつも混み合っているので、あらかじめ打ち合わせしてあった、待ち合わせ場所に近い百貨店の化粧室に足を向ける。

ここならゆっくりと化粧直しができるからと紗織が教えてくれたのだ。

トイレと手洗い場とは別に、ひとりずつ使えるよう間仕切りと椅子が用意された化粧スペースがあって、ドライヤーやコテを使うことも出来る。出先で髪を直したり化粧したりするのにもってこいの場所だった。

文乃が化粧直しを始めると、隣に座っていた美里が間仕切りの向こうからひょいっと顔をのぞかせる。

「ねえ、花井さんのこと、文乃ちゃんって呼んでもいい？　私のことも美里って呼んでいいよ」

「あ、もちろんです！」

文乃が頷くと、美里の反対側に座っていた紗織も首を伸ばして言った。

「じゃあ私も紗織って呼んでね」

「はい！」

急にふたりとの距離が近くなったようで嬉《うれ》しい。文乃がひとりでニヤついていると、美里が立ち上がって、背後から鏡越しに文乃を見た。

「ねえ、文乃ちゃん髪を下ろした方がかわいいよ。やってあげる」

そう言うとハーフアップにしてあった髪からシュシュを引き抜いた。

手早くブラシをかけられ、美里が持参していたコテを使って毛先がゆるく巻かれていく。

「ねえ、そういえば今日って〝松村会〟らしいよ。さっきトイレで聞いた」

松村と言えば例の秘書課の女性だ。彼女主催の飲み会の名前だろう。

紗織の言葉に、鏡の中で美里が頷いた。

「まあお給料日あとの金曜だし、飲み会も多いよね。また主任も誘われてるのかもね」

「そうなの？」

「うん。今日のお昼休みに、主任に合コンにおすすめの店を聞かれたもん」

「……っ」

美里の言葉に、文乃は危うく声を上げそうになった。

昼休みと言えば、文乃が食事に誘われたときだ。もしかして文乃が断ったから松村や他の女性と楽しもうと考えたのだろうか。

だとしたら合コンに来てしまったことに罪悪感を覚えている自分は馬鹿みたいだ。

「はい、できた！」

明るい美里の声に我に返って、慌てて鏡を見つめると、そこにはいつもとは違うゆるふわ系の髪型の自分が映っていた。

見慣れないけれどかわいらしい仕上がりに、一瞬雪斗のことも忘れて鏡に見入ってしまう。

「どう？　嫌いじゃない？」

「すっごいかわいいです！」

あまりの仕上がりの良さに、つい声が大きくなってしまう。

自分でもコテを使うことがあるが、美里の仕上がりは美容院のセット並に綺麗《きれい》で、しかも手早い。

「ありがとうございます。プロみたいですね‼」

尊敬の眼差しで見上げる文乃に、美里は照れたように微苦笑を浮かべた。

「私、妹がふたりいるから、よくやらされるのよ。特に上の妹は文乃ちゃんとひとつしか違わないから、妹みたいに見えちゃって。世話焼きでウザくなっちゃったらごめんね」

「とんでもないです！」

慌てて首を横に振る。

「わたし一人っ子なので、お姉ちゃんって憧れで」

「そうなの？　私はお兄ちゃんとか男の兄弟に憧れたな。女ばっかりだとなんでも言い合える分、喧嘩《けんか》の時もきつい言葉が飛び交うんだから」

「へえ」

雪斗たちを見ているからなんとなく男兄弟の雰囲気がわかるが、飯坂の三兄弟はあまり喧嘩をしていたイメージはない。

しっかり者の俊哉がやんちゃな晃良の手綱をとって、末っ子の雪斗はその様子を冷静に眺めていた気がする。文乃はそんな三人にいつもくっついて歩いていたのだ。

雪斗が今日の合コンのことを知ったらどう思うかばかり気にしていたが、彼だって男なのだからこれまでに文乃以外の女性と付き合った経験もあるだろうし、今日のように文乃の代わりになる女性ならいくらでもいるのだろう。

先日のパーティーで晃良から子どもの頃の話を聞き、雪斗なりに文乃を喜ばせようとしてくれていたのだと少しは理解できるようになってきたのに、美里たちの話を聞いてまた雪斗のことがわからなくなってしまった。

本当は美里たちに松村と雪斗のことをもう少し詳しく聞きたかったが、ふたりは文乃たちの関係を知らないのだから、こちらから聞いたりしたら誤解をされるかもしれない。

約束の時間が迫ってきたこともあり文乃はふたりと一緒に、モヤモヤした気持ちのまま化粧室を後にした。

「幹事は私の友だちだからおかしな人はいないだろうけど、変なやつがいたらSOSしてね。男は文乃ちゃんみたいな年下で初心なタイプに目がないから」

美里の言葉は急におとなしくなった文乃を笑わせるための冗談だと思ったが、実際にはそれが冗談ではないことがすぐにわかった。

案内されたのは向かい合わせで座ることの出来る長テーブルで、テレビドラマで見たことのあるいかにも合コンという感じのテーブルセッティングだった。

ほぼ初心者の文乃に合コンのスタンダードはわからないけれど、お店はカジュアルな洋風のレストランで、メニューを見る限りイタリアンや和食などが混在しているから、洋風居酒屋と言ったところだろうか。

美里の男友達だという笹原《ささはら》は二十代後半の感じのいい青年だったが、いつも落ち着いた雪斗を見慣れている文乃には、なんだか頼りなく見える。

こんな時に無意識に雪斗と比べてしまうほど、彼がいつの間にか自分の中に入り込んでしまっていることにも腹が立つ。

笹原は外資系保険会社に勤務しているそうで、男性側のメンバーの二人も同じ会社の同僚だという。

「まずは飲み物ね。飲み放題だから好きなもの選んでね」

笹原がメニューを回してくれる。

各々の飲み物が届いたところで乾杯をして簡単な自己紹介をすると、男性三人は新入社員でこの場で一番年下だという文乃を質問攻めにし始めた。

本当に彼氏はいないのか。どこに住んでいるのか。これまで付き合った男性のタイプとか、会って十分かそこらの男性に教えるには抵抗のある内容だ。

もしかしたら自分が堅すぎるのかもしれないが、大学時代に実家のことを知られて同級生の男子の態度が変わった経験を持っていることもあり、ついプライベートなことには口が重くなってしまう。

ただそれ以外の飲み会の雰囲気というのは楽しくて、文乃はこれまで自分が頑なにこういう集まりに参加しなかったのはもったいなかったかもしれないと思い始めていた。

大学の時に付き合いでコンパに顔を出したことはあるが、今日のように全く知らない男性と食事をするのは初めてだったので、少し緊張していたのだ。

でも話をしてみると年代も近いし大学時代に流行った遊びやテレビの話で盛り上がり、意外に楽しい。

会が始まって三十分ほどが過ぎ、適度にお酒が入ってみんなの口がなめらかになり始めたところだった。

膝の上に置いていたバッグの中でスマホが震えて、膝の上でその画面をチラ見すると、雪斗からのメッセージが表示されていた。絵文字やスタンプのない簡素なメッセージが真面目な雪斗らしい。

――どこで食事をされているのですか？　終わる頃に迎えに行きます。

てっきり松村と食事に行ったのだと思っていたから少し驚いて、素早く返信を送る。

――何時になるかわからないので迎えに来なくて大丈夫。

松村と一緒ではないにしろ美里に合コンに向いた店を尋ねていたのだから、その予定があるのだ。

できればこの週末は雪斗の顔は見たくない。もし会ったとしても冷たい態度をとってしまうだろう。

自分も友だちと一緒にいると嘘をついていることは棚に上げて、バッグの中にスマホをしまおうとしたら、すぐに返事が届く。

——遅くなったら危ないですよ。どこにいるんですか？

なんとしても場所を聞き出そうとしている雰囲気に、文乃はメッセージを開かずにスマホをバッグの中に押し込んだ。

あとでなにか言われたら友だちと盛り上がっていて気づかなかったとでも言えばいい。いつまでもメッセージが既読にならなかったら雪斗だって諦めるしかないのだから。

タイミングよく笹原が席替えをしようと言い出したので、文乃はそのまま雪斗のメッセージのことは忘れてしまった。

美里と紗織のおかげで過度にセクハラまがいの質問をしてくる人もいなかったし、最後はメッセージアプリでグループを作ってまた飲もうと言うぐらいには盛り上がった。

交際相手としてもう一度会いたい男性はいなかったけれど、大学の友人のように飲み友だちなら楽しそうな人たちだというのが文乃の感想で、一次会をお開きにする頃には、文乃も警戒を解いて連絡先を交換するためにスマホを取り出していた。

「このあとどうしようか。せっかく盛り上がってるし、みんなでカラオケ行く？」

笹原の提案に、男性のひとりが手を上げた。

「じゃあ俺その辺の店探してくるわ。俺もグループに追加しといて」

「よろしく〜」

アプリでグループを作っていた紗織が、男性にひらひらと手を振った時だった。

「あ」

男性が歩いて行った先を見て、小さく声を上げる。

「あれ、主任じゃない？」

紗織の言葉にギョッとして視線の先を追い、それからぐるりと背を向けた。

酔った紗織の見間違いで、他人のそら似だと思いたかったが人目を引くすらりとした長身と男性にしては綺麗すぎる顔立ちを見間違えるはずがない。

文乃がとっさに背を向けたのは自分が見つかるのが嫌だったのもあるが、それよりも雪斗が誰と一緒にいるのか知りたくなかったからだ。

気づかれないうちに早く店を出たい。そう思ったとたん背後で聞き慣れた声がして、文乃はがっくりと肩を落とした。

「ここにいたんですね」

美里たちがいることも忘れて、文乃はしかめっ面で振り返った。連れがいると思っていたのに、意外にも雪斗はひとりだ。

つまりは先ほどのメッセージの通り文乃を迎えに来たということになるが、どうやってこの店を見つけたのだろう。

「……なんで？」

不機嫌な文乃とは逆に、雪斗は楽しげににっこりと微笑んだ。

「文乃さんが返事をくださらないので、内山さんに教えていただいた店までできてしまいました」

「えっ⁉」

振り返ると美里がぎょっとした顔で文乃と雪斗の顔を見比べていた。

「昼休みに主任に声をかけられたとき今日の合コンの話になって、是非どこの店を使うのか参考のために教えて欲しいとは言われたけど……え？　ていうか、文乃ちゃんと主任って」

そう呟《つぶや》くと、紗織と顔を見合わせる。

「ええっ⁉」

「うそ！　マジで⁉」

なんとなく事情を察したふたりの様子に、文乃は落胆の溜息を漏らした。

これまで必死に誤魔化してきたのに、雪斗のせいですべて台無しだ。上司と付き合っていると思われたら、今までのように世話をしてあげなければいけない後輩として気安く接してくれなくなるだろう。

だからと言ってだんまりを決め込むわけにも行かず、どこから説明すればいいかわからないまま口を開いた。

「美里さん、紗織さん。今まで黙っていてごめんなさい。実はわたし」

と、途中まで口にしかけた言葉を雪斗が遮った。

「突然こんなところまで押しかけてきて、申し訳ない。実は僕と花井さんは親同士が知り合いで、ご両親から彼女の世話を頼まれているんだ。内山さんと三浦さんには話しておけばよかったんだけど、とても心配性のご両親でね。今日君たちと出かけることは聞いていたから、門限までに自宅に送る約束になっていたんだ。ね、花井さん」

にっこりと笑いかけられたが、文乃はわざと頷かなかった。

この場をなんとか誤魔化すふりをしているが、実は自分の都合のいいように話を進めているのだ。それが雪斗のいつものやり口だと、もう十分理解している。

「この埋め合わせは後日させてもらうけど、もう時間がないから今日は失礼させてもらってもいいかな?」

雪斗の言葉に美里と紗織がそろって頷いた。すっかり雪斗の嘘を信じているようだ。

「もちろんです。文乃ちゃん、門限があるなら言ってくれればよかったのに」

「あ、あの」

「いいの、いいの!　気にしなくていいから行って」

「そうそう。実家から通ってると親がうるさいよね。アプリのグループに文乃ちゃんも入れてあるから、またみんなで遊ぼ」

ふたりは優しく言ってくれたが、今雪斗とふたりきりになるなんてあり得ない。

「いえ、わたしは皆さんと一緒に二次会に……」

なんとかこの場を乗り切ろうとする文乃の言葉を、再び雪斗が遮った。

「ありがとう。じゃあお言葉に甘えて」

ふたりに向かって微笑みかけると、雪斗は素早く文乃の肩を抱き寄せる。

「ちょっ……！」

その手を振りはらおうにも、思いの外強い力に抱き寄せられていて身動きができない。

しかも暴れる文乃の耳元で、雪斗が恐ろしいことを囁《ささや》いた。

「これ以上暴れるならここでキスしますよ」

「えっ！」

文乃が一瞬怯《ひる》んだ隙に踵《きびす》を返して、さっさと文乃をその場から連れだしてしまった。

店を出たところで、文乃はもう一度男から逃れようと腕を払うと、今度はあっさり解放された。

「なんで来たのよ！」

「遅くなると危ないから迎えに行くとメッセージを送ったでしょう？　文乃さんはお友達と楽しまれていたので、僕のメッセージなど見ていないようですが」

「……っ！」

文乃の嘘についてさらりと嫌味を言われ、思わず言葉を詰まらせる。

合コンに行くと言わなかっただけで、厳密には嘘なんてついていないのだからと自分に言い聞かせるが、やはり後ろめたいのはどうしようもない。

「ゆ、雪斗さんだって今日のお店で合コンするつもりなんでしょ。美里さんが秘書課の松村さんたちと行くつもりなんだろうって言ってたもん！」

　松村にやきもちを焼いていたことなど知られたくないのに、頭に血が上っていた文乃はついそう口にしてしまった。

　しかし、雪斗の顔はいつも通り取り乱す様子もない。いつもと変わらない顔に新たな怒りがわいてきて、文乃は意地悪く言った。

「わたし知ってるんだから。雪斗さん、秘書課の松村さんにアプローチされてて、満更でもないって。それに銀座で声をかけられたときも、パーティーのときも彼女と楽しそうに話してたし！」

「おや、僕のことをよく見ているじゃないですか」

　当てこすりなのに涼しい顔で即答されて、怒るどころかその顔に満足げな笑みが広がっていくことにがっかりしてしまう。やはり雪斗は松村のことを憎からず思っていて、文乃と天秤《てんびん》にかけているのだ。

「じゃあ今日だって最初からわたしを誘わず彼女と食事に行けばよかったでしょ！」

「な、なんで笑うの！　わたし、怒ってるんだからね‼」

　怒りにまかせてそう叫ぶと、雪斗はとうとう声を上げて笑い出した。

「文乃さんは相変わらず可愛いですね。僕のことが好きだから、さっきから松村さんにやきもちを焼いているんでしょ？」

「は？　そんなわけないでしょ！」

〝やきもち〟という言葉にドキリとして言い返すが、雪斗の目はさらに嬉しそうに細められて、文乃の言葉など耳に届いていないようだ。

「じゃあどうして好きでもない男が他の女性と一緒にいて、そんなに怒る必要があるんです？　いい加減認めてください。僕のことが好きだって」

「ば、ばっかじゃないの！　嫌いっ！　雪斗さんなんて大っ嫌いだからもう話しかけないでよ！」

　まだ人通りの多い夜の街に文乃の荒らげた声が響いて、通り過ぎる人たちが何事かと好奇の目を向けてくる。

　すると雪斗が文乃の手首をそっと握りしめ、タクシーを止めるために道路に向かって手をあげた。

「こんなところで大騒ぎしないでくださいね。取りあえず帰りましょう」

「いやっ。帰りたいならひとりで帰ればいいでしょ」

「子どもみたいな駄々を捏《こ》ねないでください。ああ、文乃さんはまだ子どもでしたっけ」

からかうような笑いを含んだ声が悔しくて、文乃はムッとした勢いでタクシーに乗り込んでしまった。

　すぐに雪斗が嘘をついたことについてネチネチ問い詰めてくるかと思ったのに、彼は行き先を告げただけで黙り込んでしまった。

　どう考えても雪斗があの場に押しかけてきたのはおかしい。そもそもいつから文乃が嘘をついて合コンに参加することに気づいたのだろう。

「どうしてわたしの予定を知ってたわけ？　美里さんから場所を聞き出すにしても、その前に今日の予定を知らなくちゃダメだったわけだし」

文乃がじろりと睨《にら》みつけると、雪斗は待っていましたとばかりにニッコリと微笑んだ。

「わかりやすく簡潔に言うと、文乃さんのスマホを見ました」

「ええっ⁉　い、いつ⁉　どうやって？」

悪びれずしれっと口にするような内容ではないのに、雪斗は涼しい顔だ。

「なに考えてるのよ！　知ってると思うけど、それって犯罪だから‼」

そもそも、雪斗に携帯を見られるタイミングがあったとすれば雪斗の部屋に泊まったときぐらいだが、あの時はまだ合コンに参加するなんて返事はしていなかったはずだ。

ではいつだろうとぐるぐると考え込む文乃に向かって、雪斗はあっさりと言った。

「嘘です。見ようと思いましたが我慢しました」

一瞬安堵《あんど》したが、雪斗の言うことは信用してはいけないともうひとりの自分が頭の中で警告する。

「な、なにそれ！　いつのこと？」

「僕の部屋に泊まったときですよ。リビングに携帯が置きっぱなしになっていて、初めてのセックスで疲れた文乃さんは僕のベッドで眠っていました。文乃さんのすべてを知りたい僕には誘惑されているとしか思えませんでしたので、それはそれは葛藤しましたよ」

まるで我慢した自分に感謝しろとでも言いたげな口調だが、そんな気はさらさらない。

しかし次の言葉で文乃は頭の中が真っ白になった。

「それにしても、ああいうパスコードや暗証番号を誕生日にするのはやめた方がいいと思いますよ。三十秒で開きましたから」

「やっぱり見たんじゃん！」

「見てないですよ。我慢したと言ったでしょう。僕も文乃さんを信用したかったんですが、先日社食で内山さんたちと合コンの極意のようなものを話しているのを耳にして、文乃さんが大好きでたまらない僕の心はいたく傷つきました。僕という男がいるのに合コンに行く相談をするなんて浮気ですよね」

文乃が悪いといわんばかりの顔で傷付いた目を向けられ、まだ正式には付き合っていないと言い返したくなった。

言われてみれば、社食で美里たちと合コンに参加する上でのマナーを教わったことがあったから、雪斗はそれを耳にしたのだろう。

「それで文乃さんや内山さんたちの様子を見ていて、今日の昼休みにかまをかけてみたんです」

「え？」

「もしかしたら最後に僕を選んでくれるかもと期待して昼休みにお誘いしたんですが、断られてしまったので」

「……あ」

昼休みに休憩所で声をかけられたことを思いだした。あのとき雪斗は文乃を試すつもりで声をかけたのだ。

疑われるようなことをしたのだから試されていたのは仕方ないとしても、それなら直接聞いて欲しかったと思ってしまう。

「仕方がないのでそのあと内山さんに声をかけて、今日の詳細を聞き出させていただきました」

つまりさっきのメッセージも文乃が男性と一緒にいるとわかってわざわざ送ってきたということだ。

「と、とにかくスマホを見るとか、一番やっちゃいけないやつだから‼」

「見てないですってば。ではお返しに僕のスマホも見ていいですよ。というか、是非どうぞ」

雪斗はそう言うと、ロックを外した自分のスマホを文乃に手渡した。

「特にこのフォルダがお勧めです」

ディスプレイに映し出されたのはすべて文乃が写っている写真で、どう見ても本人の同意のない隠し撮りだ。

「なによこれ！　キモい！　今すぐ消して‼」

データを削除しようとしたけれど、一足早く雪斗にスマホを取り上げられてしまう。

「消さないなら携帯壊すから‼」

「文乃さんはひどい人ですね」

文乃の叫びに雪斗は傷ついたような顔をした。

「僕はこんなコレクションを作ってしまうほどあなたのことが好きなのに。そもそも合コンに出席したということは、文乃さんは僕が交際を申し込んだことをそんなに重要に捉えていなかったということですよね」

「え？」

交際の申し込みを保留にしているのは事実だ。客観的に見ればその状況で合コンに参加するのは不誠実だと言われればその通りかもしれない。

「あわよくば他の男と付き合ってみたいと思ったから、合コンに参加することにしたんですよね？　やっぱり快楽への好奇心ですか？　先日まで処女だったのに、もう他の男に身を任せようと」

処女とか、男に身を任せるとか、話がだんだんいかがわしい感じになってきたことに気づき、文乃はギョッとして運転手を見た。ミラー越しには何食わぬ顔をしているように見えるけれど、今までの赤裸々なやりとりが全部聞こえていたのは間違いない。

「ちょっと！　人聞きの悪いことといわないで！　ていうかもう黙って！」

話のきっかけを作ったのは自分だったことも忘れて、文乃はドアに身体を押し付けて唇を引き結んだ。

案外客の痴話喧嘩には慣れているのかもしれないが、恥ずかしいことには変わりない。文乃が黙り込んでほどなくして、タクシーはふたりのマンションの前で停まった。文乃は逃げるように車から降りると、雪斗を置いて足早にマンションのエントランスをくぐる。

すっかり雪斗に振り回されてしまっている自分が情けない。イライラしながらエレベーターの前で立ち止まったところで雪斗に追いつかれた。

「ひとつ聞いておきたいんですが、まさか文乃さんが僕に身体を許したのは好奇心だったんですか？」

「……は？」

雪斗が半ば強引にことに及んだくせに、今さらなにを言っているのだろう。

「バカじゃないの？　もともと雪斗さんが強引に……してきたんじゃん！」

「でも本当に嫌ならもっと拒むことはできましたよね。せっかくだからやっとこうかな～という気持ちだったんじゃないですか？　そして僕に飽きたから新たな快楽をもとめて」

黙っていたらとんでもないいかがわしい女に仕立て上げられそうで、文乃は慌てて雪斗の言葉を遮った。

「と、友だちと出かけるって嘘をついたのは……わ、悪かったたって思ってるもん。でも本当のことを言ったら雪斗さんだっていい気がしないだろうと思って黙ってたの！　それに内緒でわたしの行動を調べるなんて、雪斗さんはわたしを信用してないってことでしょ‼わたしのことばっかり責めるけど、自分だって他の女の人と仲良くしてるじゃん」

文乃が拗《す》ねた子どものように唇を尖《とが》らせると、雪斗は苦笑いを浮かべて小さく肩を竦《すく》める。

「知ってますか。僕は文乃さんのその拗ねた顔に弱いんです」

「……」

「お互い色々と誤解があるようですね」

「……うん」

「よければ部屋でちゃんと話をしませんか？」

いつまでもエントランスで話していては他の住民が出入りするときに不審に思われるだろう。文乃は唇を尖らせたまま頷いた。

「僕の部屋でいいですね？」

「……」

雪斗の言葉に頷きかけて、一瞬考えて口を開く。

「わ、わたしの部屋でもいいよ。……雪斗さん、この前入りたがってたでしょ」

一応謝罪の気持ちというか、歩み寄ったつもりだ。

雪斗もそれに気づいたのか、わずかに表情を変えて、冷ややかだった目がほんの少しだけ優しくなったような気がした。

「では、お言葉に甘えてお邪魔させていただきます」

微笑んだ雪斗を見て、少しは機嫌がよくなったのかと思ってしまったが、そう甘くはなかった。

「まず文乃さんがなにを考えて、僕以外の男と週末を過ごす経緯になったかをお伺いします」

せっかく部屋にいれてやったというのに、雪斗は文乃の部屋の中には目もくれず、一直線にソファーに向かって、まるで部屋の主であるかのような顔で腰を下ろしてしまった。

隣に座るのをためらっていると、なぜか床の上に座るようにクッションを手渡された。

——好きな女を床に座らせるわけ？　そう言いたい気持ちをグッと飲み込んだ。雪斗の態度は事務的で、なんとなくまだ一悶着《ひともんちゃく》ありそうな空気を醸し出していたからだ。

もちろん文乃だってストーカーまがいのことまでする雪斗が、すんなり納得して機嫌を直すとは思っていなかったので、黙ってクッションの上に座った。

再会してまだ一ヶ月にも満たないけれど、雪斗が面倒な男であることは十分理解している。いつまでもこの不機嫌な顔を見せられるぐらいなら、少しぐらい恥ずかしくてもさっさと本当のことを話してしまった方がいいだろう。

「あのね、合コンのことは色々誤解があっただけで、まあ、そのとき誘われたから勢いでOKしちゃったの。でもその誤解はわたしも悪かったというかなんというか……まあ先輩との付き合いというか」

「どんな誤解をしたんです？」

「……」

できれば誤解の部分はぼかして終わりたかったが、雪斗がそれを許してくれるはずもない。

文乃は誤解の理由を思い浮かべただけで痛みを訴えてくる傷の存在を感じて、そっと胸を押さえた。

雪斗が父からの結婚の誘いを断ったことを思い出すと、意思に反して胸の奥がチクチクと痛む。

自分だってその気がないのだからもう気にしないことにしようと決めたのに、まるで失恋でもしたかのように痛むのだ。

「文乃さん？」

「……」

やっぱり雪斗には自分が感じたことを話した方がいい。もし彼が松村のような女性と結婚したいと思っているのなら、いい加減この不自然な関係をやめたい。

「……雪斗さん、パパにわたしとは結婚したくないって言ったんでしょ」

「……は？」

「それはいいの。わたしも最初に結婚はしたくないって言ったんだし。でも……なんかパパから聞かされたから、わたしの知らないところでそんな話をしてたんだって思ったら、勝手に傷ついちゃって。雪斗さんは悪くないのに勝手に怒ってたの。ごめんなさい‼」

雪斗は怒るだろうか。笑うだろうか。文乃はそう思いながら深々と頭を下げた。

けれども頭の上で聞こえた言葉は、文乃が想像していたものではなかった。

「……なんのことですか?」

「なんのことって……」

文乃はがばっと顔をあげて雪斗の顔を見つめた。

「前にパパが雪斗さんに、わたしと結婚して欲しいって言ったでしょ。そしたら雪斗さんがそれを断ったって。この間、パパが言ってたもん」

雪斗は黙って文乃の言葉を聞いていたけれど、少し考え込んだあと納得したように大きく頷いた。

「ああ、思い出しました。文乃さんがピーチドラッグに就職することが決まったすぐあとのことですね。確かに社長からそんなお話をいただきました」

文乃はあっさり認めた雪斗に、落胆してしまう自分を隠せなかった。やっぱりそういうやりとりがあったのだという事実と、それを忘れていた雪斗、そして傷ついている自分にもがっかりしてしまう。

「たしかあのとき、社長は文乃さんが紹介されるお見合いの話を、毎回写真も見ないで断っていることを憂慮されていらっしゃいました。一人っ子である文乃さんの将来をとても心配されていて、僕に文乃さんの婿にならないかと持ちかけられたんです。それでキッパリとお断りしました」

なんのためらいもなく、事務的に告げる雪斗に、文乃はとっさに返す言葉がなかった。

これだけ冷静に説明するということは、雪斗は本当に文乃との結婚など考えたこともなかったということだろう。だから文乃の結婚を前提としない付き合いにあっさり頷いたのだ。

「……」

打ちのめされるというのは、こういうことを言うのかもしれない。

ついさっきまでキモいだの変態だのと罵声を浴びせていた男性にキッパリと結婚を断られて、こんなにもショックを受けていることも信じられない。

泣きたいわけではないのに、モヤモヤムカムカするような、この気持ちをなんと言えばいいのだろう。なにかに負けたような、悔しい気持ちとでも言えばいいのだろうか。

複雑な顔で黙り込む文乃を見て、雪斗が首を傾げた。

「文乃さん、なにか勘違いしていませんか？」

「別に……っ」

雪斗は悪くない。文乃の希望通り、思い通りになっている。そう思っているのに、やはり口から出た言葉には不機嫌が色濃く表れてしまう。自分でもわかっているのに、気持ちがついていかない。

「だったらどうして怒っているんですか？　勘違いしているからそんな顔をしているんでしょう？　言っておきますが、僕は子どもの頃から文乃さんと結婚したいと思っていましたよ。もちろん今もです」

感情の薄い声であっさりと言われて信用できるはずがない。

「うそ！　だったらなんでパパの話を断ったの？」

「受けて欲しかったんですか？」

「え？　それは……」

ついこの間まで結婚をしたくないから誰とも付き合ったりしないと決めていたのだ。そんなときいじめっ子の雪くんとの結婚話なんて、今まで以上に全力で断ったはずだ。

「こ、困ったかも」

「そうでしょう？　もちろん社長の申し出を受ければ、多少強引にでも文乃さんと手っ取り早く結婚出来たかもしれませんが、それでは文乃さんの心は手に入らないと思ったんです」

「え？」

同じマンションに住んだり、いろいろ把握されたり、押し倒されたりと十分強引な気もしたけれど、とりあえず黙っておく。

「文乃さんは子どものころからこうと決めたら絶対に譲らない頑固なところがありましたから。ほら昔文乃さんが別荘のそばの森で迷子になったことがあったでしょう」

「迷子？」

「ええ、僕たちが勉強をしている時間に、青い鳥を探すためにひとりで別荘を出ていって、迷子になったじゃないですか」

「青い鳥って……童話の……」

子どものころよく読んだ、メーテルリンクの幸せの青い鳥を探す兄妹の話だ。確かにあの頃は三兄弟にせがんでよく本を読んでもらっていたが、青い鳥を探しに行った記憶はない。

別荘の森といえば、雪斗に置き去りにされて恐い思いをしたトラウマの場所だ。

「そんなこと……あった?」

「ありましたよ。僕たち三人が文乃さんを探しに行ったんですから。僕が見つけたとき、文乃さん号泣しながら抱きついてきたじゃないですか。信じられないのなら兄さんたちにも聞いてみてください。あの時は親に文乃さんから目を離したことを散々怒られましたし」

「う、そ……」

号泣している文乃を俊哉が抱きあげて連れ帰ってくれたことは覚えているが、あれは雪斗が文乃を森に置き去りにし、それを俊哉が探しに来て、連れ帰ってくれたのではなかったのだろうか。

「雪斗さん、わたしを置き去りにしなかった?」

「まさか。自分より五つも年下の女の子にそんなことするはずないでしょう」

「……」

池に突き落とされていたと思い込んでいた件もそうだが、あの頃は虐められているものだと思い込んでいたから、他の思い出まで雪斗を悪者にしていたのだろうか。

「そういうことで僕は文乃さんが素直に親のいいなりになるとは思えませんでしたから、社長の案はお断りしたんです。それに、僕は自分の力で文乃さんに好きになってもらいたかったんですよ」

雪斗にキッパリと言い切られ、その言葉の重みを感じたら急に胸がドキドキと音を立て始める。雪斗の本心が知りたい。本当は自分と結婚したいと思っていたら、どう答えればいいのだろう。

「……そ、そんなに上手くいくとは思えないけど。それに……わたしがそんな簡単に思い通りになると思ったの？」

「いいえ。でもその時点で文乃さんの交友関係や性格から思考回路もある程度把握していましたから、社長に教育係を引き受けたいこととマンションのことを提案したんです。そろそろ文乃さんに男として認識してもらうのにもちょうどよかったので」

「ちょっと待って。その時点って……わたしが大学生のときってこと？」

「正確には文乃さんが大学に入学した頃からです。それまでも文乃さんの様子は気にしていましたが、内部進学で進める女子大を蹴って大学受験をすると聞いて、共学に進学するとなると悪い虫がつきやすくなると思ったものですから」

「あのさ、雪斗さんっていつからわたしのことが好きだったの？」

まさか晃良が言っていた子どもの戯れを本気にしたとは思えない。

それに雪斗が中学生になる頃には三人とも学業が忙しくなり、特に苦手だった雪斗とは疎遠になっていた。それから再会するまでの間に、雪斗にだって文乃が知らない女性との出会いがあったはずだ。

　そうでなければあんなふうになにも考えられなくなるようなキスをしたり、淫らな手つきで身体に触れたりできるとは思えない。

「文乃さんのことは本当に昔からかわいいと思っていましたよ。でも僕のものにしたいと思ったのは文乃さんのセーラー服姿を見たときでしょうか」

「は？」

「ほら兄さんの結婚が決まったとき、おば様とお祝いを言いに寄ってくれたことがあったでしょう。あのとき文乃さんは学校帰りだったのか、制服を着ていたんです」

　そのときの服装までは覚えていないが、確かに母と飯坂家にお祝いに行った記憶はある。

「あのとき文乃さんは僕に目もくれませんでしたが、そのあと兄の結婚式に参列した文乃さんの成長した姿に、出席者の間では桃園社長の一人娘の婿養子の話で持ちきりだったんですよ」

　そういえば、お見合い写真がひっきりなしに届くようになったのは俊哉の結婚式のあとからだった。まさか俊哉の結婚がきっかけとは思わなかったが、急に見合い写真を並べられたのには、そういう理由があったらしい。

「あのまるっきり僕の存在を無視している冷淡な態度と、時折見せるまだ少女らしい笑顔の危ういバランスにすっかり魅了されてしまいました。あのとき僕は本気で文乃さんを手に入れたいと思ったんです」

「……」

過去の文乃を思い出すようにうっとりと目を細める雪斗を、文乃は冷ややかな目で見つめた。

やっぱり雪斗の本質は変態で、一般人とは思考回路が違うようだ。普通そう思ったとしても、そんな倒錯的な理由を口にしたりはしない。

それにあの頃は意識的に無視をしていたというか、イジワルをされたトラウマから無意識のうちに雪斗の情報を排除していた気がする。あの場に雪斗がいたかどうかもよく覚えていないのだから。

「それからは文乃さんの情報をしっかり集めて、当時大学生だった僕は文乃さんのためにピーチドラッグに入社することを決めました。社長がよく文乃さんの情報を教えてくださるので、大学のことやアルバイトのことを把握するのにも大変助かりましたよ」

そういえば雪斗は文乃がバイトしていたカフェにもこっそり通っていたのだ。きっとカフェだけじゃなくあれこれ文乃の様子を窺《うかが》っていたのだろう。

それが愛情の表れだったとしても、やっぱりちょっと、というかかなり気持ち悪いというのが普通の感覚だ。

「……知ってる？　そういうのストーカーって言うんだけど」

小さな声で指摘すると、雪斗は顔を顰《しか》めた。

「心外ですね。僕は文乃さんの生活を見守っていただけで、一度もあなたに危害なんて加えていないじゃないですか。ただ見ていただけですよ」

　確かに危険な目に遭ったことはないと納得してしまいそうだが、つきまといになるんじゃないだろうか。

　法律には詳しくないけれど、ストーカー規制法とかそういうやつに引っかかるはずだ。そう訴えると、雪斗は小さく肩を竦めた。

「それは文乃さんが僕の行為に気づいて迷惑だと感じたら成立するんじゃないですか？　文乃さん、大学時代も入社してからも紹介されるまで僕の存在に気づきませんでしたよね」

　言われてみるとその通りだ。雪斗がそんなことをしているのを知らなかったのだから、迷惑でもなんでもない。でもだからこそそのことを知りたくなかったのだと訴えてもいいはずだ。

「そ、そもそも、わたしが合コンに行くのが嫌なら、雪斗さんが止めればよかったじゃない」

　気づいていたのなら、ちゃんと説明してくれれば、こんなまどろっこしい話し合いなどしなくてよかったのだ。

「最初から行かないで欲しいと言うこともできましたけど、文乃さんにお仕置きするにはもってこいのチャンスじゃないですか。一度してみたかったんですよね、お仕置き」

「は？」

にんまりとしてやったりの笑みを浮かべる雪斗の顔に、文乃は随分前から自分が彼の術中にはまっていたことをやっと理解した。

これまでの話を繋《つな》ぎあわせると、雪斗は文乃を恋人にするためにかなり前からストーキングをして、文乃が雪斗と付き合うように、入念に計画を立てていたのだ。

なにも知らない文乃は、雪斗のキモいけれど献身的な態度にすっかり騙《だま》されていたことになる。

やっぱりこの男はヤバイ――文乃がその答えにたどり着いた時だった。

「それより、ひとつ確認しておきたいんですが」

「……なに?」

綿密に立てられていた雪斗の計画に気づいた文乃は、警戒しながら雪斗の顔を見つめた。今度はなにを言われるのか、今さらだが警戒してしまう。

「ここのところ文乃さんが僕を避けたりこうして不機嫌になるのは、僕と結婚できないことにショックを受けていたと思ってよろしいんですよね?」

ズバリ自分でも気づきたくなかったことを言い当てられて、文乃はビクンと大きく肩を跳ね上げた。

「それに松村さんにも随分とやきもちを焼かれていたようですが」

「……は? ち、違うし……っ」

強気で否定しなければいけないのに、あっさりと本音を言い当てられた動揺で不自然に力んだ言葉になってしまう。

「ではどうして不機嫌だったんです？」

ソファーの上で寛いでいた雪斗が、身を屈めて文乃の顔を覗《のぞ》き込む。

「そ、それは……」

強い視線から逃れようと腰を浮かすと、そのまま両脇に手を差し入れられて、抱きあげられてしまった。

「ちょっ、と」

着地したのは雪斗の膝の上で、人形を抱くように横向きに座らされる。

こんなに近くにいたらドキドキしていることに気づかれて、もっと動揺してしまうのに。文乃は混乱している気持ちに気づかれないよう、拗ねた子どものように唇をへの字にした。

「そういう顔もカワイイですね。キスしたくなります」

「えっ」

慌てて両手で唇を覆うと、雪斗がクスクスと笑う。

「この間ホテルでキスをしたときは自分から誘ってきたのに、今日は恥ずかしがるんですか？」

「誘ってないから！」

「じゃあ試してみますか？　文乃さんはすぐに自分から舌を絡めてきて、もっとして欲しいっておねだりしてくると思いますよ」

　いやらしい言葉を囁かれて、自然と雪斗とのキスを思いだし、頬にジワジワと熱が広がっていくのを感じる。

「そ、そんなことしないもん！　ていうか、もう雪斗さんとはキスしないいっ！　嫌いッ‼」

　カッとして膝の上から降りようとしたけれど、腰に回された雪斗の手がそれを許さなかった。

「いいですか、わがままなお嬢様。よく聞いてくださいね」

　雪斗は文乃を向かい合わせに抱き直すと、顔を覗き込むように言った。

「いい加減大人なんですからそういう駄々を捏ねるようなことはやめてください。もちろん僕は文乃さんを甘やかすのは大好きですが、嫌いと言われるのは傷つきます。ああ、変態とかキモいと罵られるのは思いの外ゾクゾクしたのでかまいませんよ」

「……」

　後半を口にしたとき、雪斗の唇の端が嬉しそうに吊《っ》り上がるのを見て、文乃は顔をしかめた。

「それから結婚の件ですが。今は文乃さんも若いですからお見合い話もよりどりみどりだと思います。ですがあと五年もしたら、若さが減った分政略色の強いお話ばかりになりますよ。しかもピーチドラッグのことを考えれば、僕より年上のおじさんもたくさんいるで

しょうね。そんな相手と僕としたみたいなキスやセックスをすることができますか？」

「……」

できるできないより、想像できないというのが本音だ。

「僕なら昔から文乃さんのことが好きですし、これからもずーっとあなたを大切にすると約束します。それに仕事面でも文乃さんを助けてあげられますよ。僕は社長になるなんて大それたことは考えていませんから、あなたがピーチドラッグを継げるように後押しします。ああ、晃良兄さんのように文乃さんの秘書というのも悪くないですね」

「雪斗さんが……秘書？」

いろいろ口うるさい秘書になりそうで、あまり嬉しくない。文乃の表情からその気持ちに気づいたのか、雪斗は肩を竦めた。

「まあとにかく役職には拘らないということを言いたかったんです」

「……うん」

雪斗は改まったように姿勢を正すと、真っ直ぐに文乃を見つめた。

「あなたを愛しています。だから僕を選んでください」

「……ッ」

何度も好きだと言われてきたけれど、愛していると言われるのは初めてだ。言葉の意味を理解した途端、耳の奥がキンとして一瞬なんの音も感じなくなる。それから胸の奥からなにかが溢《あふ》れ出してきて、くすぐったい気持ちで胸の中がいっぱいになった。

こんな気持ちになるのは初めてだが、これは雪斗に愛していると言われて嬉しいという感情だ。

変態だし、キモいし、こんな人を好きになったら絶対に苦労する。そうわかっているのに、今そばにいて欲しい男性は雪斗だけだと思った。

文乃は自然と熱くなっていく頬を感じながら、雪斗の黒々とした瞳を見つめた。

いつも冷静で顔色を変えたりしないのに、初めて見る切なげな眼差しに文乃は胸がギュッと締めつけられて苦しくなる。

こういうときなんと言えばいいのだろう。いつも耳にしたり、気軽に口にしていた好きという言葉が、今は重すぎて口にできない。

文乃は頭の中でぐるぐると思いを巡らせても見つからない言葉に、雪斗の胸にトンと頭を押し付けた。

「……ゆ、雪斗さんがいい……」

そう口にするのが精一杯だった。

好き、という言葉を口にするのはまだ気恥ずかしい。自分だってちゃんと気づいたのはたった今で、まだ気持ちの整理ができていないのだ。

一生懸命考えて伝えたつもりだったが一向に返事のない雪斗が心配になり、文乃はほんの少しだけ顔を上げた。

雪斗のことだからもっとちゃんと言わないとわからないと追及されそうな気がしたの

だ。しかし雪斗は文乃と目が合うと、満足そうに唇を緩め、文乃の唇にそっとキスをした。

柔らかな、優しい刺激に文乃はうっとりしながら目を閉じた。

「好きです、文乃さん」

「……うん」

チュチュッと啄《ついば》むようなキスをくり返され、少し物足りない。さっき雪斗に言われた通り、自分からキスを強請ってしまいそうになったときだった。

突然唇が離れて目を開けると、雪斗がなぜか不機嫌をあらわにして、眉間に皺《しわ》を寄せていた。

「……雪斗さん？」

「文乃さんは僕のことが好きなんですよね？」

改めて聞かれると恥ずかしいが、顔を赤くしてこっくりと頷く。すると雪斗の渋面がさらにひどくなった。

「そうなると、僕というものがありながら合コンの誘いを受けたというのは問題があると思うのですが」

「だから色々誤解があって断れなかったんだってば。それにそのときは雪斗さんが……す、好きかどうかもわかんなかったし」

「僕が文乃さんを大好きだという気持ちを伝え切れていないからこうなったのかもしれませんね。その点は僕も反省しようと思いますが」

雪斗はそこで言葉を切ると、なにかを企むように薄い唇を歪《ゆが》めた。

「ここからはベッドの上で話し合った方がよさそうですね。文乃さんの初心というか他愛ない無邪気さは好きなんですが、大人の女性としては少し躾《しつけ》が必要なんじゃないでしょうか」

〝躾〟という聞き慣れない言葉に、文乃はギョッとして雪斗の腕の中で身体を強ばらせた。そういえばさっきもお仕置きがしたかったとか、嬉しくないことを口にしていた。

ベッドの上での躾という名の話し合いなんていかがわしいことしか想像できないし、雪斗が相手でその考えが間違っている確率はほとんどない。

「ま、待って！　嫌だから！　雪斗さんがそういう顔をしているときって変態度が増してるときだもん！」

「よくおわかりですね。さっそく恋人としてお互いの理解度が増しているということでしょうか」

雪斗はにっこりと極上の笑みを浮かべたまま文乃を抱きあげた。

「やだっ！　馬鹿！　降ろしてってば‼」

ジタバタと暴れる文乃を抱いたまま、雪斗は寝室の扉を開ける。そのまま小花柄のカバーが掛かったベッドの上に文乃を抱き下ろし、両肩を摑《つか》んでベッドの上に押し倒してしまった。

「今日は文乃さんが嫌がること、全部しましょうね。躾け直しなんですから」

嬉々としてシャツを捲《めく》り上げようとする雪斗に、文乃は甘い顔を見せて部屋に上げてしまったことを後悔した。

文乃はいつも雪斗のペースに流されてしまう自分自身に腹を立てながら、キスをしようと近づけてきた雪斗の顔を押し返した。

「なんでいつもそうやって強引にするのよ！　少しぐらいわたしの気持ちを聞いてからしてくれたっていいでしょ！」

いつも嫌がっているうちに押し倒されたりキスをされてしまったり、結局雪斗の思い通りになっていることが悔しい。雪斗の方が年齢も、多分経験も上だがそれでも恋人同士なら対等な部分があってもいいはずだ。

雪斗は文乃の抵抗に微かに目を瞠《みは》り、それから納得したように頷いた。

「……なるほど。文乃さんの気持ちは大事ですよね。やはりこういう行為はお互いの同意がないと成り立ちませんし、僕も文乃さんが本当に嫌なら無理強いはしたくありません」

予想外に同意を示されちょっと拍子抜けしてしまうが、雪斗にもまだ理性が残っていたらしい。

しかし次の言葉に、今度は文乃が目を見開くことになった。

「それで、文乃さんはどうしたいんですか」

「え？」

「このまま僕に抱かれたいか、それとも僕に部屋から出ていって欲しいか、文乃さんの選んだ通りにします」

「……え？　え？」

目を細め口角を上げた雪斗の顔は、涎《よだれ》こそ垂らしていないけれど、昔昼寝のときに読んでくれた絵本に出てきた、襲いかかろうとするオオカミの顔にそっくりだ。文乃は赤い頭巾を被った少女のような気持ちになった。

「し、して欲しい……けど」

でもそれは雪斗がしようとしていることとはかけ離れている気がする。文乃がそう付け足す前に、雪斗の笑みがさらに深くなる。

「それは、僕にとろとろになってなにも考えられなくなるぐらい抱いて欲しいということでいいですか？」

「そ、そんなこと言ってない！」

「そう言っているのと変わらないですよ。お互いの意見が一致してよかったです。今夜は覚悟してくださいね」

雪斗の唇に浮かんだ意地の悪い笑みに、やはり彼は文乃が嫌がるのを楽しむ性癖があるのだと確信した。

9　思い思われ

まだ快感に慣れていない隘路《あいろ》に太い指が抽挿されるたび、寝室にクチュクチュと卑猥《ひわい》な水音が響く。

雪斗の愛撫《あいぶ》は執拗《しつよう》で、文乃から一切の布を剝ぎ取ると、すべてを舐《な》め尽くす勢いで身体中にキスをされた。強い快感から逃れるように枕にしがみついたら、そのまま俯《うつぶ》せで腰を高く引き上げられて、背後から指で隘路を開かれることになってしまった。

「あ、あ、あぁ……っ、も、やだぁ……っ……」

膣壁《ちつへき》を刺激する雪斗の激しい愛撫に、文乃は子どもが駄々を捏《こ》ねるときのように甘えた声をあげる。本当はこんな姿を見せたくなどなくて、しがみついていた枕で何度か声を殺したけれど、快感に身体を仰け反らせるたびに嬌声《きょうせい》を上げてしまうのだ。

「こんなに濡《ぬ》らして、嫌なはずがないでしょう」

雪斗はそう呟《つぶや》くと、空いている手を胸の膨らみに伸ばし、尖端《せんたん》を乱暴に扱きはじめた。

「ひ、んぅ……や、触っちゃ……あぁ……っ……」

硬く膨らんだ乳首が長い指で引き伸ばされて、胸の柔肉がぐにゃぐにゃと形を変える。

背中にはぴったりと雪斗の素肌がはりついていて、身体中が溶けてしまいそうなほど熱い。

「や、やぁ……胸、さわっちゃ……」

指を抽挿されているだけでも腰が砕けてしまいそうなのに、敏感な乳首まで一緒に刺激されたら自分でもわけがわからなくなってしまう。

「いやだと言いながらすごく濡れていますよ。それに僕が胸を揉《も》むたびに、なかが指を咥《くわ》え込んで離そうとしません」

雪斗はそう言うと、しこった頂を指でコリコリと揉みほぐす。

「ほら、またなかがきつくなりました」

呟きとともに項に唇を押し付けられて、その場所を強く吸いあげられる。

「ひ……ンッ！　ば、ばかぁ……変なこと、いわな……で……っ」

「変なことではないでしょう。本当のことです」

唇は項から背中へと移動し、時折ピリリとした痛みを残していく。

「……っ！」

雪斗に触れられるのは恥ずかしいけれど、本当は気持ちがよくてたまらない。でも愉悦を感じるたびになにも考えられなくなって、自分が知らない自分になるようで怖い。

雪斗の指が胎内を探るように動いて、グチュグチュと水音を立てながら濡れ襞《ひだ》に擦り付けられると、さらに奥の方に熱がこもって甘く痺《しび》れてしまう。

「も、これ……やだ……っ……ちゃん、と……挿れ、て……」

こんなふうに焦らすように、少しずつ快感でおかしくなるなら、いっそこの間の夜のように、早く奥まで入ってきて欲しい。文乃の淫らな願いが届いたのか、雪斗はゆっくりと指を文乃の胎内から引き抜いた。

「ひぁ……んぅ」

突然空洞になった膣洞が震えて、文乃の唇からあられもない声が漏れ、高く突きだしていたお尻ごとベッドの上に崩れ落ちる。

「はぁ……っ、はぁっ」

「文乃さんのおねだりは嬉《うれ》しいですが、もう少し馴《な》らしたほうがよくありませんか？」

文乃は枕に顔を埋めたまま、ふるふると首を振った。

なんとなくだが、雪斗は実際に挿入して自分が快感を味わうよりも、文乃が自分の手で身悶《みもだ》えるのを楽しんでいるような気がする。

雪斗を楽しませるために、自分ばかりが恥ずかしい思いをしたくない。それだけの理由だったのに、雪斗はなにか誤解をしているようだ。

「もう我慢できないんですか？　では解れているか確認してみましょうか」

すぐそばで嬉々《きき》とした声が聞こえたかと思うと、身体を仰向けにされ力が抜けて無防備になっていた下肢を大きく広げられてしまった。

「きゃ……！」

枕を抱えたままだから雪斗の姿は見えないけれど、彼の目にいやらしく濡れた場所ははっきり見えているはずだ。

羞恥に足を閉じるよりも早く雪斗の手が太股を押さえ付け、長い指が濡れそぼった秘唇に触れた。割り開くように花びらを剝き出しにされ、ひやりとした空気が流れ込む。

「や、みないで……っ」

「見なければちゃんと濡れているかわからないでしょう?」

そんないいわけはあり得ない。先ほどから自分でも消えてしまいたくなるぐらい恥ずかしい水音が響いていたのだから、触れていた雪斗が気づかないはずがなかった。

「ああ、ちゃんと濡れていますね」

長い指が蜜口に押し込まれ、浅いところをかき回す。弱い刺激なのに、すっかり快感を覚えた身体は無意識に腰をくねらせてしまう。

それに、自分でも見たことのない場所を雪斗が見つめていると思うだけで下肢の中心がキュンと痺れてしまい、恥ずかしくてたまらない。

「見ているだけなのにどんどん溢《あふ》れてきますね。文乃さんは見られるのが好きなんですか?」

「ちが……」

「違わないでしょう。ほら、もう太股まで垂れています。いやらしい身体ですね」

雪斗の揶揄《やゆ》する言葉に腰をブルリと震わせると、太股に熱いものが触れた。

「ひぁ……ぅ」

ねっとりとした刺激は指ではない。熱いものは繰り返しその場所に触れ、何度目かの刺激でそれが雪斗の舌で、彼が蜜口から太股に垂れたいやらしい蜜を舐めあげているのだと気づいた。

「や、そんなこと……」

拒絶しようにも柔らかな太股はがっちりと抱え込まれていて、腰を揺らすことぐらいしかできない。その間にも雪斗の舌は徐々に上へと上がっていき、蜜源となる敏感な場所を舐めた。

「やぁ……っ……ン！」

感じたことのない新しい刺激に、文乃は枕をより一層強く抱きしめた。

淫唇に舌がヌルヌルと擦り付けられ、じっとりと濡れたそこを指で左右に広げられる。

「あぁ……っ……」

濡れそぼった蜜孔に舌がねじ込まれ、得も言われぬ快感に文乃は腰を跳ね上げた。

「ん、んんぅっ」

指とは違う濡れた粘膜同士が擦れ合う刺激に、引き結んでいる唇からは嬌声が零れてしまう。

「胎内を舐められるのは好きみたいですね。さっきとは比べものにならないぐらい文乃さんのいやらしい蜜が溢れています」

「んんんっ」

感じている声を聞かれたくない文乃は必死で顔を枕に押しつけていたけれど、次第にそれも役に立たなくなる。それに自分でも足の間がどうしようもなく蕩《とろ》けていることに気づいていて、この場から今すぐに逃げ出したい気持ちだった。

「もぉ……やだぁ……ッ……」

文乃は滲《にじ》んできた涙を隠すように、枕に顔をグリグリと押しつけた。

「して欲しいと言ったのは文乃さんでしょう？　奥までちゃんと僕を受け入れられるように解しているんですよ」

「い、言ったけど……こういう意味じゃ……」

「大丈夫ですよ。口で嫌がっても身体はちゃんと感じていますから」

それでは文乃が雪斗の愛撫に喜んでいるように聞こえる。雪斗が変態なのは知っているけれど、エッチをするときはさらにエンジンが全開になっていて、こちらのキャパシティを超えるのだ。

「ばかぁ……あ、あぁ……っ、へ、へんた……あぁっ」

雪斗を喜ばせるだけだとわかっているのに、それでも罵りを口にしてしまう。

「何度も言っていますが、僕にとってそれは褒め言葉ですよ。お礼にちゃんとイカせてあげますからね」

案の定雪斗は足の間で嬉しそうに呟くと、指先で蜜口の上にある花芯に触れた。

まう。

「や、やぁ……一緒に、しちゃ……っ……」

グリグリと押しつぶすように敏感な粒を捏ね回され、文乃はいやらしく腰を揺らしてし

「知ってますよ。文乃さんはここを可愛がられるのが好きなんです」

「好きじゃ…あ、あ、あぁ……っ」

すでに舌で愛撫されたことで高まっていた熱がお腹の中で暴れ出し、恥ずかしいぐらい

あっけなく快感の高みに押し上げられてしまった。

雪斗に触れられると、操られているように彼の指に翻弄されてしまう。自分の身体なの

に、自分のものではなくなってしまうのだ。

「は……、はぁ……ん……ぅ」

まだ膣洞が痙攣《けいれん》し続けているというのに、雪斗は震える下肢を大きく割り開く。溢れた

蜜をなじませるように雄芯を擦りつけられて、文乃はゆるゆると首を横に振った。

「や……」

まだ胎内が震えていて、秘唇もヒクヒクと痙攣しているのがわかる。そんなときに肉竿《にくさお》

を押し込まれたらおかしくなってしまう。

「おねが……まっ、て……」

枕の下からくぐもった声で呟くと、雪斗が深く溜息《ためいき》をついた。

「いい加減その枕を離してくれませんか。文乃さんの顔が見たいです」

焦れたような声にドキリとして、枕の下からほんの少し顔を覗《のぞ》かせる。雪斗は微かに腕の力が揺るんだ隙を見計らって、文乃の腕から枕を引き剝がしてしまった。

「や、だめ！　返して‼」

せめてこうしていれば声も殺せるし、なによりいやらしく感じてしまう顔を雪斗に見られずに済んでいたのだ。

「なにかにしがみつきたいのなら僕にすればいいでしょう。もっと文乃さんを感じさせてください」

熱のこもった眼差しで見つめられて、その視線だけでまた身体の奥が震えてしまう。文乃が抱きつこうと手を伸ばすと唇を塞がれた。

「んっ……ふぅ……」

媚肉《びにく》に雄を擦りつけられ、すっかり勃ちあがった花芯がジンジンと痺れる。

「……ん……はぁ……っ」

強引に口腔《こうこう》に押し込まれた舌の動きに意識を奪われている間に、柔らかくなった膣洞に滾《たぎ》った雄が侵入してくる。指とも舌とも違う圧倒的な熱量に、文乃の肌がサッと粟立《あわだ》った。

「……んぁ……っ。は……あぁ……」

待ち焦がれていた感触に、重なり合った唇から甘い吐息が零れる。

初めて抱かれたときのような痛みはないけれど、狭隘な濡れ襞が引き伸ばされるのは、まだ少し苦しかった。

文乃が身体を硬くしていることに気づいた雪斗は、浅いところで何度か腰を振り、ついには最奥まで雄芯をねじ込もうとする。

「あ、あぁ……待っ、て……、お……きぃ……っ」

ぶるぶる震える太股で、彼が動かないように腰を挟み込むと、あやすように瞼《まぶた》や鼻先にキスが落ちてきた。

「痛くはないですよね？」

雪斗は文乃の顔を覗き込みながら、グッと雄で奥深くを突きあげる。

「あぅ……っ！　や、苦し、からぁ……」

痛くはないけれど、隘路いっぱいに雪斗の熱を感じて苦しくてたまらない。無意識にイヤイヤと首を振ると、頭を抱え込まれて視界が雪斗でいっぱいになった。

「文乃さんは他の人より胎内が狭いのかもしれませんね。僕も少しキツイです」

その言葉に、文乃はカッとして雪斗を睨《にら》みつけた。

「だ、誰と比べてるのよ！」

雪斗が他の人よりキツイと感じるのは、文乃と誰かを比べているからだ。ストーカーレベルで文乃のことが好きだと公言しているくせに、他の女の影をちらつかせるなんて許せない。

「や！　もぉ抜いて!!」

間近に迫っていた男の顔をグイグイと押し返すけれど、文乃の上に覆い被さった男の身体はびくともしない。

「離れてってば……んぅっ」

しかし文乃の悪態は男の濡れた唇によって封じられてしまった。

「……んぅ……ん……ぁ……」

荒い呼吸を交わしながら、ぬるついた舌で口蓋や舌の付け根まで舐め尽くされる。そして逃げることなど許さないと、脈動する雄で深いところまで突き上げられてしまう。

「あ、あぁ……ン……」

「やきもちを焼く文乃さんもカワイイですね」

雪斗は愉しげに呟くと、滾った肉棒で最奥をゴリゴリ抉《えぐ》る。

「あ、あ……ちが……ぅ……っ」

否定したいのに突きあげられる刺激が強すぎて言葉が上手く出てこない。雪斗は文乃の首筋に顔を埋めると、汗の滲んだ肌に舌を這《は》わせ始める。

「ひ……あぁ、ん……やぁ……」

「ほら、苦しいのなら広げてあげます」

深く繋《つな》がったまま腰を大きく押し回されて、蜜孔や濡れ襞を引き伸ばされる。

「あ、あぁっ……ん……」

隘路を無理矢理広げられているというのに、甘い愉悦が湧き上がってきて身体が勝手に肉茎を締めつけてしまう。

「は……っ」

雪斗の唇から苦しげな息が漏れて、熱い息が首筋に吹きかけられた。

「広げてあげているのに、締めつけたらダメじゃないですか。文乃さんの身体はなにをされても感じてしまうんですね」

いやらしい身体だと言っているのだろう。違うと言い返したいのに、もう頭の中まで愉悦に支配されていて、言葉が思い浮かばなかった。

「はぁ……あ、あ、あぁ……」

グチュグチュと蜜を掻《か》き出すように胎内をかき回され、突きあげられる。熱くぬるついた刺激に意識が奪われて、雪斗の失言のことなど忘れてしまいたくなる。

初めて抱かれたときは快感以外にわずかな痛みがあり、雪斗に触れられることも怖くてここまで気持ちいいとは感じなかった。それなのに、今は全身が激しい情欲に支配されてしまったみたいに感じてしまう。

与えられる刺激に素直に甘い声をあげる文乃を雪斗が満足げに見おろしていたけれど、その視線にも気づかないほど愉悦に翻弄されていた。

「ここ……突かれるのが好きみたいですね。文乃さんの胎内が……熱く吸いついてきます」

そう尋ねてくる声はどこか遠くに聞こえて、雪斗の体温を求めて肩口に縋《すが》りつく。

「……す、き……これ、すき……っ……」

思わずそう口にすると、強く抱き返される。

「はぁ……文乃さん、可愛すぎです……」

掠《かす》れた声が耳朶《じだ》に触れるだけで背筋を愉悦が駆け抜け、さらに雄を強く締めつけてしまう。

「文乃さんがこういうことをする相手は僕だけです」

「う、うん……あぁ、あ……ッ……」

ガツガツと激しく雄を穿たれて、なにを言われているのかよくわからなくなる。胎内にも素肌にも雪斗の熱を感じて、ただ何度も頷《うなず》いた。

「文乃さんがこんなに感じるのは、僕のことが好きだからですよ」

心臓のドクドクという音が頭の中まで響いていて、雪斗の声がくぐもって聞こえる。

「あぁ、あ……や、もぉ……あぁ……っ……」

お腹の奥から強い快感がせり上がってきて、文乃はさらに強く雪斗にしがみついた。

「あ、あ、イッちゃ……あぁ……」

今にも文乃が上り詰めそうになった時だった。快感に背を仰け反らせる文乃の身体を雪斗が押さえつけ、激しく抽挿されていた雄芯の動きがピタリと止まってしまう。

「や……っ……」

あと少しで達しそうだった文乃は、目の前で突然ご馳走《ちそう》を取り上げられて泣き出しそうな声で鼻を鳴らした。

「雪斗さ……イジワル、しないで……ッ……」

ここまで身体を高ぶらされて突然それを取り上げるなんてひどい。涙目で睨みつけると、雪斗は唇に意地の悪そうな笑みを浮かべた。

「僕のこと、好きですよね？」

「……え？」

もどかしさに自ら腰を揺らそうとしたが、身体の重みで押さえ付けられてしまう。

「やぁ……」

「雪斗さん、大好きって言ってください。そうしたら何度でもイカせてあげますから」

「な、なに言って……」

「文乃さんは好きでもない男に抱かれて感じるような淫乱な女性ではないですよね」

「あ、当たり前でしょ……」

「じゃあ言ってください、好きって」

雪斗はそう言うと焦らすように、ほんの少しだけ腰を押し回した。

「ひぁぅ」

文乃のあられもない声に、雪斗が薄く笑う。さっき文乃がはっきり好きと言わなかったことを根に持っていたらしい。

「文乃さん」

甘い声で名前を呼ばれて、これ以上我慢できなくなった文乃は唇を開いた。

「す、すき……雪斗さ……が、すき……」

文乃がそう口にしたとたん、硬い切っ先が抉るように最奥に押しつけられる。

「あぁっ！」

強い刺激に悲鳴のような声をあげると、雪斗は白い足を抱え上げ先ほどよりも激しく文乃の蜜孔を突き上げはじめた。

「あ、あ、あぁ……ま、まって……」

震える襞を激しく擦り上げられ、シーツに背中を擦りつけながら身悶えてしまう。

「や、イク……ッ、イッちゃ……あぁ……」

「は……僕も、文乃さんが、大好き……です」

息を乱した雪斗の掠れた声に、文乃は心臓をギュッと鷲掴《わしづか》みされたような痛みを感じた。

雪斗には何度も好きと言われているはずなのに、自分の想いを口にしたせいか、スイッチが入ってしまったように身体の痙攣が止まらなくなる。

「あ、あ……ぁ……」

びくんびくんと腰を跳ね上げる文乃の身体を雪斗が強く引き寄せ、痛いぐらいの力で抱きしめた。

「いいですよ。上手に言えたご褒美に、今夜は何度でもイカせてあげますから」

その囁《ささや》きは恐ろしく甘くて泣きたくなる。そして雪斗はその言葉の通り、文乃の身体を何度も達するまで執拗に責め立てた。

＊＊＊　＊＊＊　＊＊＊

「新居の件ですが、なにか希望はありますか。文乃さんは結婚しても仕事を続けるのですから、遅くなったときのセキュリティも考えてマンションが妥当だと思いますが」

「……は？」

まだ快感の余韻で、ぐったりしたまま雪斗の腕に抱かれていた文乃は、男の嬉々とした声にほんの少し顔を上げた。

この前も思ったけれど、雪斗の体力は底なしなのだろうか。こちらはこんなにぐったりしているのに、雪斗はこれから出社して一仕事できそうなぐらい体力が有り余っているように見える。

「会社に近い汐留《しおどめ》か、最近再開発でマンションが増えている竹芝なんていかがです？　レインボーブリッジの夜景を見て一緒に眠るなんて最高ですよ。会社に近ければ朝もギリギリまで寝ていられますし、新婚生活も楽しめますよね」

「……」

身体はだるいし、物事を順序立てて考えるほど頭の中はすっきりしていない。雪斗が結婚とか新居とか言った気がするけれど、なんのことだろう。

「ということで、まずは結納の日取りを決めましょう」

「え……なに？　なんの話？」

「僕と文乃さんの結婚の話ですよ」

やっと先ほどまで断片的だった言葉が頭の中で結びつき、文乃は身体に巻き付いていた男の腕をはね除けて起き上がった。

「ダメ！　しない‼　結婚はしないから」

雪斗に結婚を断られたと聞いたときはショックを受けたけれど、だからといって今すぐ雪斗と結婚となると話は別だ。

「おや、ぐったりしていたので流されて同意してくれるかと思っていたのに元気じゃないですか」

「当たり前でしょ。す、好き……とは言ったけど、結婚の約束はしてないから！」

そもそもこちらは新入社員で、やっと目標の入口に立ったばかりなのだ。そうそうに結婚なんてしたら、お嬢様の腰掛けだと思われて、認めてもらえるものももらえなくなる。

断固拒否の態度で唇を引き結ぶ文乃を見て、雪斗が面倒くさそうに溜息をついた。

「往生際の悪い人ですね。僕が結婚を断ったのを聞いてショックを受けたんじゃなかったんですか？　それに恋人関係がいいのなら、結婚しても恋人でいればいいじゃないですか」

「そ、そういう問題じゃないの。雪斗さんのことは……す、好き、だけど、わたし自身の問題なの」

「冷たいですね。恋人同士なら二人の問題でしょう？　どうしたら頷いてくれるんですか。やっぱり文乃さんも夢見る女性ですから、サプライズのプロポーズをご所望でしょうか」

「そ、そんなのしてくれなくてもいい」

雪斗が自分のことを大切にしてくれていて、これからもそうだということも十分わかっている。多分これ以上この話をしても堂々巡りだ。お互い折れるつもりがないのだから、一旦終わりにしないと喧嘩《けんか》になるのは目に見えている。

文乃が話を保留にしたいと口を開きかけた時だった。

「文乃さんに結婚を断られ続けて傷つく僕の気持ちは考えてくれないんですね」

「それは……」

雪斗の少し落胆したような表情を見て、急に罪悪感がこみ上げてくる。まさかの泣き落としだ。

でも確かに逆の立場なら、なんてひどい男なんだと思うはずだ。

そう思ったら、今まで考えたこともなかったのに、雪斗に嫌われるかもしれないという不安が押し寄せてくる。

人を好きになるというのは、相手と気持ちが通じ合ったときの幸せな気持ちがある反面で、こんな不安な気持ちを抱え込むというやっかいなものなのかもしれない。

すべて理解してもらうのは無理でも、少しでも雪斗に自分の考えていることを知ってもらいたい。

「あの、雪斗さんには本当に悪いと思ってるんだけど、でも」

「そういうことならこちらにも考えがあります」

文乃が言おうとした言葉を冷ややかな声が遮った。

ドキリとしてその顔を見つめると、文乃が一番嫌いな雪斗が文乃を虐めるときの、嗜《し》虐《ぎゃくてき》的な笑みが浮かんでいた。

「どうしてそんな怯《おび》えた顔をするんですか。僕はこんなに文乃さんが好きなのに」

雪斗は動けなくなった文乃の唇にチュッと音を立ててキスをした。

「文乃さんに頷いていただく方法は色々あるんですよ」

さらに深くなった笑みと心底楽しそうな口調に、不安しか感じない。と、気づくと身を乗り出した雪斗にのしかかられそうになっていた。

「文乃さんの身体がその気になるまでたっぷり舐めて蕩けさせるとか」

もう十分雪斗に翻弄されている文乃はふるふると首を横に振りながら、狭いベッドの上で後ずさりする。

「今まで文乃さんの都合もあるのでちゃんと避妊していましたが、感じやすい胎内にたっぷり出すとか」

それはもしかしてできちゃった勢いで結婚まで持ち込もうというのだろうか。さすがにそれは強引すぎると言い返そうとしたときには、雪斗に組み敷かれ、再びベッドに背中を預けていた。

「待って！　結婚のことはちゃんと話し合おうよ。わたし、一生結婚しないって言ってるわけじゃないし！」

「話し合う必要なんてありませんよ。ちょうど週末ですし、文乃さんがうんと言うまでちゃんと可愛がってあげますから」

「やだ！　もう今日はいっぱいしたし、無理だから！」

「無理かどうかは試してみないとわからないじゃないですか。大丈夫です。ちゃんと文乃さんを満足させますから」

雪斗の唇に浮かんだ意地の悪い笑みに、やっぱりこの男を好きになってしまったのは間違いだったかもしれないと、文乃はもう何度目かわからなくなった後悔を繰り返した。

10　エピローグにはまだ早い？

結局初めてのときと同じように週末いっぱいを雪斗と過ごした文乃は、月曜日の朝からぐったりと疲れを抱えて出社することになった。

さすがに避妊はしてくれたけれど、腰はだるいし、不自然な格好を何度もさせられたせいで、身体中が筋肉痛だ。文乃は恨めしい気持ちでデスクに座る恋人の姿を盗み見た。

文乃は今朝も起きるのが精一杯だったのに、雪斗は文乃が断らなければ二つ返事で入浴の手伝いまでしそうなほど元気だった。自力でシャワーを浴びたあとは雪斗に髪を乾かしてもらい、その間に彼が作ってくれたサンドイッチを飲み込んでなんとか出社したが、五歳年上の雪斗が涼しい顔で仕事をしているのがどうにも解せない。

なにかスポーツでもやっていたのか、それともジムにでも通って鍛えているのかと考え、自分がまったく雪斗のことを知らないことに改めて気づく。

考えてみれば再会するまで雪斗の存在を忘れていたし、子どもの頃の勘違いのせいで雪斗を毛嫌いしていたから、話題に上ったとしても意図的に彼の話を聞き流していて、何も知らないのだ。

向こうはこちらの友人関係やバイト先、食の好みまで熟知しているのだから、少しぐらい情報を開示してもらわないと割に合わない。

文乃から彼の趣味や学生時代のことを知りたいと言ったらどんな顔をするだろう。雪斗のことだから、しれっと趣味は文乃のストーキングだと言いそうな気もするけれど。

文乃が自席に腰を下ろしパソコンの電源を入れたところで、美里と紗織がすすっと寄ってきて、文乃の左右にぴったりと張り付いた。

「おはよう、文乃ちゃん。待ってたわよ!」

「さあさあ事情を説明してもらおうじゃないの!」

チラリと助けを求めるように雪斗を見たけれど、気づいていないのか、それとも気づいていてあえて無視しているか、いつも文乃を追いかけているはずの目はこちらを見ない。

つまり自分でなんとかしろということらしい。

「まさか文乃ちゃんと主任が昔からの知り合いだったとはね」

紗織の言葉に、美里もうんうんと何度も頷《うなず》いた。

「わ、わたしも配属が決まるまで同じ会社なの知らなかったんですよ。もう何年も会ってなかったんですから」

これは嘘《うそ》ではないから、つい顔に本音が出て眉間にしわを寄せてしまう。

「私、いきなり主任が現れて文乃ちゃんの前に立ったから、最初二人が付き合っているんじゃないかと思っちゃったよ」

美里の言葉にぎくりとしたが、ふたりは動揺したことに気づいた様子はない。

「そうそう、あの瞬間私も秘書課の松村さんはカムフラージュだったの？　って勘ぐっちゃった」

「ま、まさかぁ……」

文乃は背中に冷や汗が流れるのを感じながら、紗織に引き攣《つ》った笑顔を向けた。

「付き合っている人がいるのに合コンに参加するわけないじゃないですか」

「そうだよね～相手が主任だったらその辺の男より全然いいもの。それにしても、主任があんなに過保護だったなんて意外だわ」

三人はチラリと雪斗に視線を向けたが、電話をしながらパソコンの画面を見つめていて、こちらには意識が向いていないようだ。

「大事そうに文乃ちゃんの肩を抱いて出て行ったからさ、あのあと紗織とふたりで怪しいって勘ぐっちゃったよ」

「ないです。それはないですから！」

昨夜雪斗と話し合って、ふたりが交際していることは伏せておくことにしたのだ。雪斗は交際宣言する気満々だったのだが、新入社員である文乃の立場も考えて欲しいと頼み込んだのだ。

その代償として一緒にお風呂に入らされて、その後散々な目に遭わされたことは思い出すだけで恥ずかしい。

「それで金曜日はあのあとどうしたの？」

「すぐにタクシーに乗せられて家まで連れて帰られました」

これも嘘ではない。帰ったのは実家ではなく一人暮らしの部屋で、門限などないけれど。

「実家通いも色々大変よね。実家の方がお金は自由になるけど親がうるさいもの。私もね、入社した年は実家から通勤していたんだけど、飲み会のたびに父親がうるさいから、家を出たんだ」

「紗織さんの家もそうなんですか」

「文乃ちゃんも親が厳しいなら実家出ればいいよ。なんなら飲み会の日は私たちの家に泊まればいいし」

「そうだよ。あらかじめ泊まるって断っておけばゆっくり飲めるじゃない」

「なるほど」

ふたりの入れ知恵に、文乃は感心して頷いた。

大学の友だちも、よくお互いの家に泊まると嘘をついてアリバイを作ったりしていた。文乃は男性と交際することを考えていなかったから外泊はしなかったけれど、これからの雪斗対策にはいいアイディアかもしれない。

「それでさ、相談なんだけど」

紗織が周りを気にしながらわずかに声のトーンを落とす。

「さっそくなんだけど、今週の金曜のスケジュールって空けられる？」

「……また合コンですか？」

文乃も思わず声を潜めると、紗織は得意顔で首を横に振った。

「実はさ、男友達が今話題のお店が急遽《きゅうきょ》予約できたって連絡くれたのよ。ほら最近テレビによく出てる〝桔《き》梗《きょう》夜《や》〟っていうカリスマ料理人のお店。本当なら三ヶ月先まで予約がいっぱいらしいんだけど、彼の顧客らしくて、前から頼んでいたら急にキャンセルが出たのを知らせてくれたんだって。食事会って形で集まらないかって言うんだけど、どうかな」

「行く行く！」

美里の即答に、文乃もつられて頷いてしまった。

それに桔梗夜といえば、科学に基づいた分子料理というジャンルの料理を出すことで話題の店だ。

例えばアイスクリームでも分子レベルで解析すれば、氷結晶が小さければ小さいほど舌触りがよく滑らかなものになる。いかに氷結晶を抑えるかを考え、短い時間で凍らせるために液体窒素を使って瞬間的に凍らせるなど科学の原理に基づいた料理を提供してくれる。

文乃も何度か雑誌やテレビで見かけていて、興味をそそられていたのだ。

「そこ、知ってます！　わたしも一度行ってみたいと思ってたんですよ！」

そう叫んだとき、頭の中から雪斗の渋面はすっかり消え去っていた。

「でしょでしょ！　せっかくだから行こうよ～」

「ですよね！　なんとかします‼」

どこに行くかと聞かれたらふたりと食事に行くと言えば、雪斗だって嫌な顔はしないはずだ。断じて男性に会いたいから行くわけではなく、レアな料理を味わいたいから行くのだから、悪いことをしているわけではない。

文乃がそう自分にいいわけをして、デスクにいるはずの雪斗に視線を向けたときだった。

「へえ、女子会？　楽しそうでいいね」

背後から聞こえた声に、文乃は心臓を鷲掴《わしづか》みにされたように息が苦しくなって、すぐには声の主を見ることができなかった。どうしてこの人はこうタイミングよく現れるのだろう。

「実は三浦さんのお友達が有名なお店を予約してくれたので、三人でご一緒させてもらうって。三ヶ月待ちとかザラらしいですよ」

美里の説明に雪斗はわずかに眉を上げて文乃を見た。

「へえ。花井さんも行くの？」

そう呼びかけられては無視もできず、文乃は渋々雪斗に視線を巡らせた。いつものように人好きのする笑顔こそ浮かべているけれど、眼鏡の向こうの目はもの問いたげに文乃を見つめている。

「え……あ、ええっと……そ、そう……ですね」

そう呟《つぶや》いたけれど、雪斗からの返事はない。

「あ！　わ、わたし急ぎの書類作成が……」

文乃は雪斗の目が笑っていないことに気づき、あやふやに呟くと、椅子をクルリと回してパソコンの方に向き直った。

できればこれでこの話は打ち切りにして欲しいという意思表示で、紗織が自分の席に戻るのを横目で確認できたが雪斗が立ち去る気配はない。

「主任、私たちが一緒ですから心配しないでください」

「もちろん、君たちが一緒なら花井さんのご両親も安心だと思うよ。それで？　そんなに有名なお店なの？」

「はい、三浦さんの男友達の取引先らしくて、急にキャンセルが出たんですって」

——ダメです、美里さん。男性がいるのは内緒なんです。

あらかじめ口止めをしておくつもりだったのに、その前に雪斗に知られてしまった。

今美里と話す雪斗がどんな顔をしているのかが気になって、キーボードを叩《たた》く指がおぼつかなくなる。

「あ……っ」

ミスタッチで作りかけていた書類が真っ白になってしまい、文乃は小さく声をあげた。

「どうした？」

そう言いながらすぐに雪斗が文乃のそばに立つ。

「あの、間違って消去してしまったみたいで……」

「ああ、これなら復活できるよ」

　雪斗はそう言うと、背後から覆い被さるようにしてパソコンのマウスに手を伸ばした。

「……っ」

　手を握られるのかと思い慌てて手を引っ込めると、耳元で微かに笑う気配がした。

「そうだ、内山さん。総務に行って出張のチケットの受け取りをお願いできるかな」

「ああ、今週の課長の出張の分ですね」

「うん。さっき総務からチケットが届いたって連絡があったんだ。悪いけどお願いできる？」

「もちろんです」

　美里が頷いて席を外すのを確認してから、雪斗は再び文乃の耳元に唇を寄せた。

「まったく、少し目を離すとこれなんですから、油断も隙もないとはこのことですね」

「ち、近い！　誰かに見られたら……」

　小声で呟くと雪斗はわざとフッと耳に息を吹きかけた。

「ひぁ……ん」

「文乃さんこそ声を抑えないと気づかれますよ。それにこうして前を向いていれば案外気づかれないものです」

　そう言いながらマウスを操作して、文乃が消してしまったデータを復活させてくれた。

「それにしても、この間の内山さんの合コンといい、三浦さんのお友達といい、他にどれだけ声をかけたんです？」

「も、もうないから……それに今回は合コンじゃなくて、食事会だし……有名なお店に連れてってくれるって言うから」

「文乃さん、子どもの頃から食いしん坊でしたからね。いつか悪い人にお菓子をあげるからって言われたらついて行くのではないかと心配していたんです」

「つ、ついていかないし！　いい加減離れてってば！　人に見られる！」

小声だがつい強い口調で言うと、雪斗が溜息《ためいき》をついた。

「まだ聞きたいことは色々ありますが、それは今夜のお楽しみにしますね」

雪斗はそう囁《ささや》くと、耳朶《じだ》にキスをしてから身体を起こした。

「花井さん、書類ができたら僕のパソコンに送ってくれる？」

周りにも聞こえるようなはっきりとした声で言うと、一瞬だけニヤリと口許を歪《ゆが》めて、すぐにいつもの主任モードの笑顔で自席に戻っていった。

「……っ」

ひとり取り残された文乃は誰かに見られていなかったかと周りを見回し、それから赤くなった顔を隠すようにデスクに向き直る。

会社ではふたりの関係がバレないように振る舞うという約束なのに、あんなことをしていたらすぐに気づかれてしまう。去り際に耳を押さえて真っ赤になる文乃に満足げな視線を向けていたのも腹立たしい。

こうなったら雪斗に反対されても紗織の食事会に参加しようと決める。半分は人気店の予約がもったいないという理由だが、雪斗にあれこれ指図されたくない。

そうでなくてもストーカーで支配欲が強いのだから、結婚でもしたら束縛されるのは目に見えている。そもそも文乃がやりたいことを見守ってくれるというから付き合うことにしたのに会社でこんな淫らの一歩手前のことをさらりとやってのけるなんて、約束が違う。

やっぱり雪斗と付き合うことにしたのは早まったかもしれない。やっと自分のペースが戻ってきた文乃はチラリと件の男に視線を向けた。

すると雪斗は文乃が自分を見るのがわかっていたようにこちらを見てヒラヒラと手を振ってくる。このすべてわかっていましたという態度が一番頭にくるのだ。

「そう簡単に結婚なんてしないからね！」

文乃は口パクでそう伝えると、男に向かって舌を出した。

SIDE 雪斗

思えば、文乃は赤ちゃんのときから可愛らしい女の子だった。

初めて会ったのは雪斗が小学校にあがる前の夏休みだったと、その時のことは鮮明に覚えている。

しっかり者の長男俊哉が十二歳、いたずらっ子の次男晃良が九歳、そして末っ子の雪斗が五歳だ。

夏休みに家族で軽井沢の別荘に出かけたら、ある日母と仲良しのお隣のお姉さん、姿子が赤ちゃんを連れて遊びに来た。

淡いピンク色のベビー服に乳幼児特有の柔らかな巻き毛の女の子で、姿子の腕の中で目を閉じた瞼《まぶた》には驚くほど長い睫《まつ》毛《げ》が反り返っている。すうすうと寝息を立てていなければ人形みたいだ。

「うわっ、ちっちゃ！」

そう叫んで駆け寄ったのは次男の晃良で、さっと指を伸ばして赤ちゃんの白い頬をつつく。

「柔らかっ！　この子お餅でできてるの？」

晃良の感想にその場にいた大人がドッと笑った。

「晃良、汚い手でいきなり触っちゃだめだよ。赤ちゃんってバイ菌に免疫がないから、すぐ病気になるんだぞ」

「なんだよ！　俺がバイ菌だって言うのかよ！」

「さっきまで庭で遊んでただろ。ほら手を洗いに行くよ。雪斗もおいで」

俊哉に呼ばれて、雪斗は素直にそれに従った。

手を洗ったあと姿子が改めて赤ちゃんを紹介してくれる。

「文乃っていうのよ。この子にはまだ兄弟がいないから、三人がお兄さんになってくれると嬉《うれ》しいわ」

姿子がおっとりと言って微笑んだ。

あとで聞いたところによると桃園夫妻はなかなか子どもに恵まれず、結婚六年目にして生まれたのが文乃で、まさに待望の子どもだったそうだ。

これまで飯坂家では一番年下で、悪くすると赤ちゃんのように扱われていた雪斗の目に本物の赤ちゃんはめずらしく、ただ眠っているだけなのにいつまで見ていても飽きない。

幼稚園の友だちの弟妹にも赤ちゃんはいて、決して初めて見たわけではないのに、お兄さんになってと頼まれたからなのか赤ちゃんは特別な存在に見えた。

しばらくしてお昼寝から目を覚ました文乃は機嫌良く大人たちの腕を行ったり来たりし

て、最後はラグが敷かれた床の上にソッと降ろされた。

「おれのミニカーで遊ぶか？」

晃良がコレクションしているミニカーが入った箱を惜しげもなく文乃の前でひっくり返す。文乃はガチャガチャと大きな音がしたことに驚いたようだが、泣きもせずにミニカーのひとつをむんずと摑《つか》んだと思うとすかさず口へと運んだ。

「うわぁ‼」

止める間もなく涎《よだれ》まみれになったミニカーに晃良が情けない声を出す。

「晃良が悪い。赤ちゃんはなんでも口に入れちゃうんだよ。晃良なんてよく自分の拳も舐《な》めてたし」

「そんなことしねーし！」

「赤ちゃんのときのことだから覚えてないだけだろ。雪斗はクマのぬいぐるみがお気に入りで、それがないと大泣きしたんだよ」

「あ、それはおれも覚えてる。おれがわざとクマを隠したら見つかるまでずーっと泣いてたんだ」

晃良は得意げに笑ったが、生まれた時から晃良に虐げられてきた雪斗はまたかと溜息《ためいき》をついた。

こうして親戚や両親の友人が集まると、必ず晃良が赤ちゃんの雪斗にした仕打ちが話題になる。中には命の危険を感じるような出来事もあり、自分が今五体満足なのはひとえにしっかり者の長兄と運のおかげだと思っていた。

三兄弟の中で一番活発な晃良はそれ以外にもあれこれと問題を起こしていて、幼い雪斗が一番被害を被っていた。これからは自分が晃良から赤ちゃんを守ってあげなければいけないと思った。

ちなみに俊哉が言っているクマのぬいぐるみは一応別荘には連れてきている。別にもうなくても眠れるが念のためだ。なんなら晃良のミニカーの代わりに赤ちゃんにあげてもいい。

文乃はやっとお座りができるようになったばかりらしく、目を離すとバランスを崩して後ろに倒れてしまう。実際一度倒れて頭を強く打ち号泣する様子を見てからは、雪斗はいつでも彼女に手を伸ばせる距離にいるようにした。

すぐに俊哉のアイディアで文乃の周りにクッションが敷き詰められて自分の手など必要なくなってしまったが、みんなにあやされて笑う文乃の笑顔はいつまでも雪斗の心に焼きつけられていた。

文乃はすぐに三兄弟のアイドルになった。ときにぐずるしわがままも言うけれど、それも妹だと思えばかわいいものだ。

雪斗は文乃が可愛くてしかたがなかったが、いつも乱暴で意地悪な晃良は論外として、文乃が一番懐いているのは長男の俊哉だった。

一回りも歳が離れていれば、脚が疲れたと言えば簡単に抱きあげてやれるし、肩車だってできる。自然と文乃も俊哉のそばを好むようになって、気づくと自分から俊哉の膝の上に座っていることもあった。

雪斗は自分ではなく俊哉の膝の上にいることに腹が立ち、自分の膝の上に乗せようと何度か試みたがまだ華奢《きゃしゃ》な子どもの膝は座り心地が悪いのか、いつもすぐに逃げられてしまう。

その他にもせっせと好きなお菓子を皿に盛り付けてやったり、夏休みになるたびに毎日絵本を読んでやった。

そのおかげもあって文乃も次第に雪斗にも懐いてきたが、やはり走って来て小さな手が飛びつく相手は俊哉だった。

自分が一番文乃を可愛がっているのにと思うと腹が立ちたまに邪険にしてしまい、文乃がグズグズと鼻を鳴らしてハッと我に返ることもある。

晃良と雪斗に弄られつつも、別荘にやってくると文乃は毎朝せっせと飯坂家に通ってきた。

「文乃、そんなにうちの子になりたいのなら僕ら三人の誰かと結婚すればいいよ」

あるとき冗談で、俊哉がそんなことを言った。

雪斗はそれを聞いて、俊哉に対して言葉にならない怒りを感じた。そんなことを言ったら文乃は俊哉を選ぶに決まっているのに、ズルイと。文乃はもっと俊哉のことを好きになってしまうだろう。

「文乃、誰がいい？　もちろんおれだよな」

晃良に答えを迫られ、文乃は可愛らしい目を大きく見開いて三人の顔を順番に見つめる。

「うーん。ふみの、ゆきくんがいい」

「……え」

予想外の回答に雪斗は思わず小さく声を漏らした。

兄弟の中で一番好かれているはずの俊哉ではなく自分を選んでくれたことが信じられなかったのだ。

これが晃良なら「やったー！」と大声を上げて走り回るところだが、悪い手本として晃良を見て育った身としては、大袈裟《おおげさ》にはしゃぐことはできなかった。

実際には今すぐ飛び上がって喜びたいところだったが、雪斗はいつものように子どもに似合わない落ち着いた笑みを浮かべて文乃の頭を撫《な》でた。

「どうして？」

「だってゆきくん、このまえふみのにおかしくれたでしょ」

「……」

好き嫌いという理由ではないけれど、一応努力は実を結んでいたらしい。これからもどんどん食べ物をあげようと誓う。

「じゃあ文乃が大きくなったらね」

「うん！　ふみの、ゆきくんとけっこんする！」

裕福な桃園家のひとり娘で天真爛漫《てんしんらんまん》な文乃のその笑顔は、男ばかりの兄弟で育った雪斗の目にはひどく新鮮で眩《まぶ》しかった。

子どもの戯言なのに、これほど深く雪斗の心に刻みつけられた言葉はなかったと大人になってからも何度も思い返したものだ。

そうこうしているうちに自分も含めて兄弟の受験で忙しくなり、夏休みに家族揃《そろ》って別荘に出かけることもなくなった。

両親は相変わらず桃園家との交流があったが、雪斗自身も学校や友人との付き合いが優先となり、文乃とはすっかり疎遠になってしまった。

幼馴染《おさななじ》みなどそんなものだ。一時はそう思っていたのに、久しぶりに文乃を目にした瞬間、雪斗の心はあの幼かった文乃に笑顔を向けられたときに引き戻されていた。

高校生になった文乃は姿子と共に俊哉の結婚祝いを届けに来てくれたのだが、すっかり大人になっていて、街ですれ違っても気づかないほどだ。

学校帰りのようで有名なお嬢様学校のセーラー服に身を包んだ文乃の姿に身体の奥の方でなにかがドクリと音を立てた。

「姿子おばさま、お久しぶりです。文乃ちゃん、こんにちは」

たまたま在宅だった雪斗も挨拶に出たが、文乃はチラリと雪斗に視線を投げ会釈をしたかと思うと、ついっと視線をそらしてしまった。

まるでおまえなど眼中にないというにべもない態度に、雪斗は自分の中の嗜虐心《しぎゃくしん》が刺激されるのを感じた。

そのあとも積極的に話しかけ気を引こうとしたけれど、返事は〝はい〟か〝いいえ〟ばかりで他人行儀な頑なさが消えることはなかった。

あとになって本気で嫌われていたことを知ったが、なぜか相手にされていない、あからさまなつれない態度にゾクゾクしたし、どんなに嫌がられても彼女の視界にはいってやりたくなる。

なにより文乃には不思議な魅力があった。

自分がロリコンだとは思わないが、顔にはまだ少女らしいあどけなさを残しているのに、ふと見せる表情や仕草に初々しい色気があるのだ。

幼い頃は自分の庇護下《ひごか》にあった文乃が、いつの間にか大人になって手の中から飛び立ってしまった喪失感に、もう一度手の中に取り戻したいという独占欲、そして子どもの頃のように自分のせいで泣かせてみたいという倒錯的な思いすらよぎった。

その後雪斗が一年の語学留学から戻ってくると、文乃にはお見合いの話がひっきりなしに届いていることを知った。

俊哉の結婚式に参列した文乃に目をつけた人も多く、ひとり娘ということもあって入り婿狙いで身内を薦めてくる取引先もいたらしい。

幸い文乃にその気はないらしく釣書すら手に取らないので姿子が嘆いていると母を通じて知ったが、自分もうかうかしていられないと思った。

しかし一年前の再会のときの態度を見れば、正攻法で交際を申し込んでも一蹴されてしまう。男に興味がないというよりは、頑なに雪斗を避けている節がある。それなら彼女が自分を受け入れざるをえない状況を作るしかないと思った。

とりあえずは彼女に本当に男の影がないのか交友関係を調べるつもりで様子を探ることにする。

簡単に言うと学校の前で待ち伏せて放課後に男と会っていないのか、ついでに趣味趣向を知るのも必要だった。

なにせ数年会っていなかったのだから、幼いときに自分と結婚したいと言ったとしても、今は好みがすっかり変わっているかもしれない。とにかく彼女の理想の男として再会を果たしたいと思ったのだ。

過剰に彼女の制服姿の写真を隠し撮りもしたが、あくまでも記録であって、別に誰に迷惑をかけているわけでもないだろう。

すぐに携帯のファイルは文乃の写真でいっぱいになってしまい、彼女専用のフォルダをクラウド上に作ったほどだ。

幸い男の影はなく放課後にすることといったら友人と表参道辺りの話題のスイーツを食べ歩くぐらいで、ほとんどの日は真っ直ぐに家に帰る。今どきの女子高生にしては真面目だと思っていたら、ある日母から文乃が内部進学をせずに外部の大学を受験するらしいと聞かされた。

「なんでも社会勉強がしたいから、一般受験をするんですって。わざわざ大変なことをしなくてもいいのにって、姿子さん笑ってらしたわ」

「なにか勉強したいことがあるんでしょう」

雪斗はさして興味がないふりをしておいたが、二人はお茶の師匠が一緒なので頻繁に会う機会があり、時折文乃の近況が耳に届く。

例えば放課後は家庭教師が来ているとか、第一志望は経済学部だとか、そんな情報だ。

その頃には雪斗は合法的かつ着実に文乃に近づくためピーチドラッグに就職を決めていて、文乃の志望学部を知り自分の選択は間違っていなかったとほくそ笑んだ。

彼女が経営に興味があることは一目瞭然で、十中八九父親の会社に入社してくるだろう。それなら自分は先手を打って彼女の父親の信頼を得ておくのが一番の近道だ。

しかしこれまでは女子校という環境で限られた男性の目にしか触れることがなかった文乃が、大学に入学すればたくさんの男の視線に晒《さら》されることになる。

今すぐに政略でもいいから文乃と婚約してしまいたいが、断られてしまったらこれまでのことが台無しになる。チャンスは一度しかないのだから、効果的かつ絶対に文乃が逃げられない状況を作り上げなければいけない。雪斗は何度もはやる気持ちを抑えつけなければならなかった。

幸い桃園社長は雪斗を気に入ってくれていて、娘を愛して止まない彼が細々とした文乃の日常を伝えてくれる。

学祭のステージで友人とダンスを踊ると聞けばカメラ持参で運動会のお父さんよろしく（無許可で）撮影に行き、カフェでアルバイトを始めたと聞けば休みのたびに通って文乃が客に向ける笑顔を自分に向けられたかのように妄想した。

最初は箱入り娘の文乃がアルバイトなんてと思ったが、生来の明るさが接客に向いているようで、レジで注文を受ける様子はとても感じのいい店員ぶりだ。

なにより雪斗が気に入ったのは制服だった。グレーのカマーベストに黒の蝶《ちょう》ネクタイとタイトスカートで、膝上丈のスカートからは形のいい脚がすっきりと伸びている。

残念ながらカウンター内にいるときは見えないのだが時折客席に出てきたときなど、雪斗の視線はその姿に釘付《くぎづ》けになった。

気になるのはスカートの丈が短すぎることで、テーブルを拭いたりゴミを片付けたりしていてふと前屈みになったときなど、白い太股が露わになりドキリとする。

正直に言って雪斗目線では大歓迎だが、他の男の目に触れていると思うと腹が立つ。

いっそカフェの本社にスカート丈について進言しようと考えたぐらいだ。

それ以外は動いている文乃を観察し放題で、カフェでのアルバイトは雪斗にとって歓迎すべきことだった。

もちろん制服姿も隠し撮りをしたが、シャッター音が鳴っては気づかれてしまう恐れがあるので、ムービーで録画し、あとでベストショットをコレクションに追加した。

ある日、とうとう見ているだけでは飽き足らず、文乃がレジに立っている時間を狙ってカウンターに立った。

「いらっしゃいませ。ご注文をお伺いします」

営業スマイルとはいえ間近で目にする文乃の笑顔は素晴らしく、雪斗は必死で頭の中のシャッターを押す。

「お勧めはなんですか？」

「そうですね。今ですとこちらの限定のスムージー、温かいものでしたらオリジナルブレンドの豆を使ったカフェラテなどはいかがでしょう」

メニューを指し示す指も愛らしいと思いながら雪斗は頷《うなず》いた。

「じゃあそのカフェラテをトールサイズで」

「かしこまりました」

自分に向けられた眩しい笑顔に、雪斗は不覚にも息が止まりそうになり、慌てて目を覆った。

――眩しい。眩しすぎる。天使の笑顔だ。このまま見続けていたら眩しさに目が潰れるかもしれない。

雪斗が気持ちを落ち着けて覆っていた手を外すと、文乃が心配そうにこちらを見上げている。

「あの、お客様？　ご気分でも」

「いいえ、大丈夫です。ありがとう」

慌ててそう取り繕うと、文乃はホッとした顔になった。

文乃に気遣われるのは嬉しいが、仕事とはいえ他の男にもこうして心を配っていると思うと純粋に喜べない。

いつの間に彼女に対してこんなにも独占欲を持つようになったかと驚くが、まだ機は熟していないとはやる気持ちを何度も抑えつけた。

彼女に男の影がないことはここ数年で調査済みだ。慌てる必要はないと自分を宥《なだ》めたが、あまり何度も彼女に接客をしてもらっては顔を覚えられてしまうと思い、直接接触するのはそれきりにした。

その代わりと言ってはなんだが、雪斗の想いの深さに比例して、写真のコレクションはどんどん増えていった。

そんな想いを数年抱え続けたせいで彼女と再会したとたん気持ちが暴走してしまったが、恋愛経験のない文乃を丸め込むのには成功した。

今回初めて彼女が子どものころ自分に虐められたと思い込んでいたことを知り驚いたが、むしろ彼女の愛らしい唇で罵られるのは好ましかったので嬉しい誤算だ。

なにより今目の前に、自分の手が届くところに文乃がいることが大切なのだ。その幸福感に雪斗が口許を緩めたときだった。

「雪斗さん、なんかニヤニヤしてるけど……大丈夫？」

お気に入りのキャラメルラテを手に、明らかに〝キモい〟と言いたげな視線を向ける文乃に向かって雪斗はにっこりと微笑み返した。

「大丈夫です。今日も文乃さんが可愛らしいので、あまりに幸せで自然と笑ってしまっただけですから」

「……」

少し前の文乃ならここですかさず「キモいっ！」と叫ぶところだが、最近は雪斗がその言葉を喜ぶことに気づいてしまったからか、唇を引き結んで冷ややかな視線を向ける方法に変えたらしい。

その視線も悪くないと思っていることに彼女はまだ気づいていないので、雪斗はにこやかにその視線を受け止めた。

今日の文乃は休日の土曜日なのに黒のテーラードジャケットにワンピースというビジネス寄りの服装で、向かい合う雪斗もスーツ姿だ。

新宿のホテルで開催された講演会に文乃が桃園社長の名代で参加した帰りで、雪斗はその付き添いだった。

ただ話を聞くだけとはいえピーチドラッグの代表として参加するのは初めてで、文乃はかなり緊張していたようだが、その後の交流会も無事に務めあげ午後も遅い時間に会場をあとにした。

相当気疲れしているようだったので雪斗としてはタクシーで連れて帰りたかったのだが、少し歩きたいという文乃に付き合っていると、彼女が一軒のカフェの前で足を止めた。

「懐かしい〜！」

文乃が以前アルバイトしていたカフェチェーンのひとつで、彼女が働いていた店舗ではないが、雪斗もせっせと通った馴染みのある店でもある。

「寄っていきましょうか」

「うん」

こうしてふたりでカフェに立ち寄ったおかげで、懐かしさについ昔のことを思い出してしまったらしい。

「あ、ほらまた。雪斗さんさっきからずっと考え込んでる」

再び回想に入り込みかけていた雪斗を文乃の不満げな声が呼び戻す。

「すみません。文乃さんとふたりで向かい合ってコーヒーを飲むことが嬉しくて、思わずこの時間を噛《か》みしめてしまいました」

「なにそれ」

今度は冷ややかな視線ではなく苦笑いを向けられたが、ここまで彼女に心を開いてもらうためにとてつもない時間を要したのだ。そう思えばこの時間を噛みしめてしまうのは仕方がない。

まあ正直文乃の観察はライフワークと言っても過言ではないのでこれからも続けるつもりだが、やはり遠くから見つめるより、こうして間近で愛でる方が眼福である事は間違いない。

「今日の集まりはいかがでしたか？　皆さん、ピーチドラッグの社長令嬢が顔を出したことに興味を持たれていたようでしたが」

「うーん。講演会は参考になる話もあって面白かったけど、交流会は知らないオジサンばっかりだったからな〜。もっと若い人もいっぱい参加してると思ってたから。それになんか名刺いっぱいもらったけど、いっぺんにたくさんの人と会うと誰が誰やらわかんなくなるよね」

文乃が溜息をついた。

確かに文乃の言う通りで、参加者はほとんど初対面の、しかも男性経営者が多かった。

それは別におかしなことではなく、世間では女性参画社会と言いつつ、やはりまだまだ老舗企業となると男性上位の会社が多いのだ。

しかし文乃が将来ピーチドラッグのトップを目指すのなら、そういう男性たちとも付き合っていく必要がある。もちろん若い文乃ひとりでは対処しきれないことも想定内で、そのこともあり桃園社長にお供を仰せつかったのだ。

文乃と名刺交換をする人は必ず雪斗とも挨拶を交わす。そして目端が利く人は〝飯坂〟という雪斗の名前を見て、どうして雪斗が文乃の隣にいるのかを納得するのだ。

気づいていないのは文乃だけで、周りが認めてくれているのなら今はそれでかまわないと考えていた。

こうして周知されれば婿養子を狙った縁談の数も減るし、なにより会社を継ぎたいと思っている文乃は父親の名代という大役を与えられただけで舞い上がっていたから、あれこれ教えてもキャパシティーオーバーしてしまうだけだ。

それもすべて計算尽くで付き添いを引き受けたのだから、文乃にはどんどん抜け出せない泥沼にはまって欲しい。

決して頭が悪いわけではないが、これまで優しい人たちの中で甘やかされて育った文乃は誰かに裏切られるとか騙《だま》されるという経験がないから、策さえ講じればすんなりと掌中に収めることができる。

まだ若いので詰めが甘いというのもあるが、何年もかけて彼女を見守ってきた自分に勝てるはずがないという自負もあった。

「あとで名刺を渡してください。ネットに写真がある方もいらっしゃいますから、写真付きのリストにしてスマホにお送りします。見返すのに便利でしょう？」

「え、いいの？」

「もちろんです。あなたがピーチドラッグの経営者になるお手伝いをすると言ったでしょう？　これぐらいお安いものです」

「あ……ありがとう」

まだ男に甲斐甲斐《かいがい》しく世話を焼かれることに慣れていないからか、少し照れたように頷いた。

はにかんでうっすらと頬を染める文乃を見て、雪斗はうっかり漏れてしまいそうになった言葉を慌てて飲み込んだ。

「……」

──カワイイ。今すぐ抱きしめたい。いや押し倒したい。

さすがに人前でそれを口にしたら文乃が怒り出すだろうことはこれまでの経験で想像がつく。

しかし文乃も学習するようで、雪斗のわずかな変化に気づいたのか不審げに眉を寄せた。

「今、なにか言いかけなかった？」

「……」

なんと答えようか数瞬頭の中でシミュレートして、雪斗はにっこりと微笑んだ。

「早く帰ってイチャイチャしましょう」

「は⁉　なに言ってるの？　そ、そういうキモいことをさらっと言わないでって言ってるでしょ！」

「心外ですね。恋人とふたりで過ごしたいと言っているだけなのにどうしてキモいんですか？」

「こ、恋人って」

いまだに初心なところのある文乃は、恋人という言葉とその相手が目の前の雪斗であることを認識して赤くなる。

もちろんこういう反応が見たくてわざと口にしているのだが、期待を裏切らない反応に雪斗の嗜虐心が刺激されてしまう。

「僕たち恋人ですよね？」

わずかに身を乗り出し文乃の顔を覗《のぞ》き込むと、文乃はしばらく視線を泳がせてから観念したように溜息をついた。

「ま、まあそういうことでもいいけどっ。でも、け、結婚はしないからね！」

「……」

後半に付け足された台詞に、雪斗は笑顔を浮かべたまま冷ややかな目で文乃を見つめた。

「そ、そんな目で見ても怖くないんだから！」

自分が典型的なツンデレであることに気づいていない文乃は、顔を赤くして怒ったように唇を尖《とが》らせる。今すぐその唇に口づけたい衝動を抑えつけて、もう一息だと自分に言いきかせる。

いつもこの文乃を陥落させる瞬間がたまらなく気分が高揚するのだ。雪斗はにっこりと微笑んで切り札を口にした。

「青山に、文乃さんが好きなパイのお店がありますよね」

「え？　あ……う、うん」

突然話題が変わったので質問の意図がわからないのだろう。文乃が不安げに首を傾げる。その仕草が実際の年齢よりも幼く見えて可愛らしい。

雪斗は今すぐスマホのカメラを起動しそうになるのをグッと我慢して心のカメラのシャッターを切りまくった。脳内では連写の音が鳴り響いている。

「実は社長の名代を頑張った文乃さんのために限定販売のアップルパイを予約してあるんです。文乃さん、アップルパイ大好きですよね。帰りに受け取って帰りましょう」

文乃の顔にわずかに喜色が浮かぶ。雪斗は内心ほくそ笑みながら最後の一手を口にした。

「バニラアイスを添えてキャラメルソースをかけたら美味しいですよ」

これで文乃は落ちた。ごっくんとあからさまにつばを呑《の》んだのを見て笑いがこみ上げてきそうになるのを必死で堪える。食いしん坊の彼女がこれで落ちないわけがなかった。

「……」

「食べますよね？」

「……う、うん」

「じゃあ早く帰りましょう」

雪斗はサッと椅子から立ち上がると、少し欲を出して手を差し伸べてみる。もちろん無視されることも想定済みだ。

ところが予想外にも、文乃がスッと手を伸ばして自分の手のひらを雪斗の手の中に滑り込ませた。

「……っ」

想定外の文乃の行動に不覚にもドキリとして、文乃が怯《おび》えることも忘れてその手をギュッと握り返してしまう。すると文乃はビクリと身体を震わせたが、それでも雪斗の手から自分の手を引き抜こうとはしなかった。

それどころか顔を赤くして雪斗を上目遣いで見上げ、言葉で雪斗の心臓を打ち抜いた。

「きょ、今日は……特別だからね？　お休みなのに付き合ってくれたから……」

これだからどんな言葉で罵られようと彼女のことを嫌いになれないのだ。罵りだろうがなんだろうが文乃に注意を向けられていると思うだけで胸が高鳴るのに。

彼女はとんでもない男に惚《ほ》れ込まれたことをいつか後悔する日が来るだろうか。もちろんそんな日が来たとしても、それまでに逃げ出すことができないように頑丈な檻《おり》を彼女の周りに張り巡らせておくつもりだが。

「雪斗さん？　どうしたの？」

問いかけるように小さく首を傾げて振り返った文乃に笑みを返す。

「なんでもないです」

「でも今なんか……いやらしい顔してた」

文乃に向けられるものなら、疑いの眼差しですら背筋が震えてしまいそうなほど気持ちがいいと彼女は気づいていないだろう。

「心外ですね。アップルパイに添えるならどこのバニラアイスが一番合うか考えていたんですよ」

「あ！　あのね、それなら」

食いしん坊の文乃はすぐにアイスクリームの話に食いつき、お気に入りのメーカーの名前をいくつかあげる。お嬢様のくせに庶民的なコンビニでも買えるアイスの名前も混じっていて、雪斗は好きな物の話を一心に語る文乃を愛おしげに見つめた。

これから先になにがあっても、彼女がどんなに抵抗したとしてももう離してやることなどできないだろう。そんなことをしたらその喪失感に自分はどうにかなってしまう確信がある。

「雪斗さん、聞いてる？」

「ちゃんと聞いてますよ。僕があなたの言葉を聞き逃すはずがないでしょう。いいですよ、あなたの好きなものを買って帰りましょう」

その言葉に文乃はホッとして顔を綻ばせる。

約七年、彼女が生まれたときからも含めれば二十三年間も片思いをしてきたのだ。この愛の重さに文乃は気づいているだろうか。

すでにアップルパイに意識が向いている文乃には悪いが、今夜はどうやって彼女を可愛がろうか。雪斗の頭の中はそのことでいっぱいだった。

あとがき

拙作を手に取ってくださった皆さま、ありがとうございます。
本作品は昨年配信された電子版に番外編を増量して改稿したものになりますので加筆分も含めてお楽しみいただけると嬉しいです。

さて本文ではヒロイン文乃が幼いときに池に落ちるというシーンがあるのですが、これは実体験です‼　私が落ちたのは小学校の鯉の水槽なんですが……。
通っていた小学校には一メートル強の高さのコンクリートでできた水槽があって、広さは二×二メートルぐらい？　お風呂みたいなところで鯉を飼っていたんです。
登下校時は生徒たちがかなりの確率で背伸びをして水槽を覗きます。なんでそんなに人気があったかはわかりませんが、みんな覗きます（笑）
当時小柄な少女だった私もその例に漏れず水槽の縁に身を乗り出して覗き込んでいたところ、後ろから更に覗いてきた子に押されてしまい。運が悪いことに背負っていたランドセルがずるりと頭の方にスライドして……そのまま水槽に落ちたのでした（涙）

助けてくれたのはイケメンの俊哉ではなく先生だったと思います（当たり前）
さて……作中ではそのリアルさが伝わっているでしょうか？

今作品は先行で発売されていた電子版に続きyuiNa先生に表紙と挿絵を描いていただいたのですが、皆さん見ました？　あの雪斗の色気……ザ・雄！　というかなんというか、キスだけで孕まされそうな危険な空気！　先生素敵な挿絵をごちそうさまでした‼
そして担当のNさま、いつも筆の遅い私を見守ってくださりありがとうございます。今も、もろもろ頑張ってますので引き続きよろしくお願いします。

最後にいつも応援してくださっている読者の皆様。ありがとうございます！　お手紙をいただいたり、ＳＮＳで感想をくださったり、いつも励まされています。
お手紙のお返事もゆっくりですが送らせていただいていますので、まったりお待ちいただけたら！
細々と書き続けていますので、また次回作でお会いできますように！

水城のあ

本書は、電子書籍レーベル「らぶドロップス」より発売された電子書籍『幼なじみの上司に24時間監視されています　再会は溺愛のはじまり』を元に、加筆・修正したものです。

★著者・イラストレーターへのファンレターやプレゼントにつきまして★
著者・イラストレーターへのファンレターやプレゼントは、下記の住所にお送りください。いただいたお手紙やプレゼントは、できるだけ早く著作者にお送りしておりますが、状況によって時間が掛かる場合があります。生ものや賞味期限の短い食べ物をご送付いただきますと著者様にお届けできない場合がございますので、何卒ご理解ください。
送り先
〒160-0004　東京都新宿区四谷3-14-1　UUR四谷三丁目ビル２階
（株）パブリッシングリンク
蜜夢文庫 編集部
○○（著者・イラストレーターのお名前）様

幼なじみの上司に24時間監視されています
一途で過保護な彼の愛情

２０２２年３月２９日　初版第一刷発行

著……………………………………………………… 水城のあ
画……………………………………………………… yuiNa
編集…………………………… 株式会社パブリッシングリンク
ブックデザイン………………………………………… おおの蛍
（ムシカゴグラフィクス）
本文ＤＴＰ…………………………………………… ＩＤＲ

発行人………………………………………………… 後藤明信
発行…………………………………………… 株式会社竹書房
〒102-0075　東京都千代田区三番町８－１
三番町東急ビル６Ｆ
email：info@takeshobo.co.jp
http://www.takeshobo.co.jp
印刷・製本……………………………… 中央精版印刷株式会社